DESEO

P9-CDX-711

YVONNE LINDSAY
Casados de nuevo

HARLEQUIN™

Editado por Harlequin Ibérica.
Una división de HarperCollins Ibérica, S.A.
Núñez de Balboa, 56
28001 Madrid

© 2018 Dolce Vita Trust
© 2019 Harlequin Ibérica, una división de HarperCollins Ibérica, S.A.
Casados de nuevo, n.º 165 - 16.5.19
Título original: Inconveniently Wed
Publicada originalmente por Harlequin Enterprises, Ltd.

I.S.B.N.: 978-84-1307-771-0
Depósito legal: M-10325-2019
Impresión en CPI (Barcelona)
Fecha impresion para Argentina: 12.11.19
Distribuidor exclusivo para España: LOGISTA
Distribuidor para México: Distibuidora Intermex, S.A. de C.V.
Distribuidores para Argentina: Interior, DGP, S.A. Alvarado 2118.
Cap. Fed./Buenos Aires y Gran Buenos Aires, VACCARO HNOS.

Capítulo Uno

–Todo va a salir bien, mamá –dijo Imogene apresurándose a tranquilizar a su madre por milésima vez.

No tenía duda alguna de que su madre recordaba demasiado bien la mujer rota que Imogene había sido cuando regresó de su voluntariado en África, con su primer matrimonio, sus esperanzas y sus sueños hechos añicos. Sin embargo, como le había dicho a su madre varias veces, en aquella ocasión las cosas iban a ser completamente diferentes. Aquel matrimonio se iba a basar en la compatibilidad mutua, que se había encontrado después de un intenso estudio clínico realizado por un equipo de asesores matrimoniales y psicólogos. Ella ya había pasado por el amor pasional, había experimentado la felicidad y el gozo de la atracción a primera vista, aunque apenas había conseguido superar la devastadora realidad al descubrir que todo había sido mentira. Así, al menos nada iría mal.

–¿Lista? –le preguntó la organizadora de bodas.

Imogene se pasó una mano por su vestido de novia, una creación de seda y organza que no tenía nada que ver con el vestido de cóctel prestado que se había puesto para su anterior boda.

–Por supuesto –asintió.

La organizadora de bodas le dedicó una amplia sonrisa y, después, le indicó al pianista que cambiara de música para anunciar la entrada de la novia. Imogene dudó en la puerta. Entonces, tomó la mano de su madre y comenzó a avanzar lenta y firmemente hacia el hombre con el que iba a construir un futuro y a crear la familia que tanto tiempo llevaba deseando. Una serena sonrisa adornaba su rostro mientras establecía un ligero contacto visual con los amigos y los parientes que habían realizado el viaje desde Nueva York a la costa oeste. La formalidad de firmar la solicitud de licencia por separado allí en el estado de Washington cumplía a la perfección con la regla de conocerse en el altar que imponía Matrimonios a Medida. Se aseguró que aquello era lo mejor para una chica chapada a la antigua como ella, con valores tradicionales. No pensaba dejar nada al azar.

La anterior boda de Imogene había estado llena de excitación y una alocada dosis de lujuria. «Y mira cómo te salió», le recordó una vocecilla en el interior de la cabeza. Aquella boda sería diferente. No había burbujas de excitación, más allá de una cierta curiosidad por ver cómo sería el novio.

No. En aquella ocasión no iba a ser víctima de las embriagadoras garras de la pasión, una pasión que le había aturdido los sentidos, por no hablar del sentido común. En aquella ocasión, tenía en mente un objetivo concreto. Una familia propia. Sí, sabía que podía dar los pasos suficientes para ser madre soltera, pero no quería afrontar algo así en solitario. Quería un compañero compatible con ella, alguien a quien pudiera terminar amando con el tiempo. Alguien con quien pudiera estar segura de que el amor tendría continuidad y longevidad, aunque solo fuera por el tiempo que

4

tardara en crecer. ¿Y si el amor no llegaba? ¿Podría vivir sin amor? Por supuesto que sí. Ya se había casado antes por impulso y, cuando el matrimonio se desmoronó, ella quedó destrozada. En aquella ocasión, había tomado todas las precauciones posibles para asegurarse de que aquello no volvería a suceder. Con cariño y respeto mutuo, todo sería posible.

Sin embargo, ¿no sería llevar las cosas demasiado lejos lo de casarse a primera vista? Evidentemente, esa era la opinión de sus padres. Su padre ni siquiera había acudido a Port Ludlow para la ceremonia alegando un caso muy importante de derechos humanos en el que estaba trabajando. Sin embargo, el desagrado que le producía que ella hubiera llegado a un acuerdo con la exclusiva agencia matrimonial había resultado evidente. Para él, la perspectiva de conocer al futuro cónyuge en el altar era garantía de desastre, pero los dictados de Matrimonios a Medida habían sido muy claros. No había posibilidad alguna de conocer al futuro cónyuge antes de la ceremonia y los dos participantes debían confiar por completo en el proceso de emparejamiento. Imogene miró rápidamente a su madre, que había accedido a acompañar a su única hija al altar para casarse con un desconocido. Caroline O'Connor miró hacia atrás con la preocupación reflejada en el rostro por lo que su hija estaba a punto de hacer.

Los ojos de Imogene estaban prendidos del novio, que estaba ante el altar, de espaldas. Un hombre cuya postura mostraba que era la clase de persona acostumbrada a estar al mando. Sintió un escalofrío por la espalda. Mientras se acercaban a la primera fila, su madre dudó antes de darle un beso en la mejilla. Después, tomó asiento. Imogene respiró profundamente y se centró de nuevo en el desconocido que la estaba esperando. Había algo en el gesto de los hombros y en la forma de la cabeza que le resultaba familiar. Algo que no presagiaba nada bueno.

Cuando él se dio la vuelta, la incredulidad se apoderó de cada célula del cuerpo de Imogene. Se detuvo en seco a pocos pasos del altar. Le había reconocido.

–No –susurró atónita–. Tú no.

Imogene apenas escuchó el susurro que se produjo desde los bancos en los que se sentaban los familiares del novio. Otra vez no. Tan solo podía observar al hombre que por fin se había dado la vuelta para mirarla.

Valentin Horvath.

El hombre del que se había divorciado hacía siete años.

Debería haber sentido satisfacción por el hecho de que la expresión de su rostro fuera tan atónita como debía de ser la de ella, pero no fue así. De hecho, la satisfacción pasó a un segundo plano mientras que la ira y la confusión tomaban protagonismo. Imogene miraba fijamente al hombre con el que había compartido más intimidades que con ningún otro ser humano. El hombre que no solo le había roto el corazón, sino que se lo había aplastado.

Y, sin embargo, debajo de la ira, debajo de la implacable certidumbre de que no había posibilidad alguna de que aquel matrimonio pudiera salir adelante, estaba la atracción sexual que les había llevado a su primera precipitada, fiera y breve unión. Imogene hizo que lo que pudo por aplacar las sensaciones que parecían haber cobrado vida dentro de su cuerpo, por ignorar la repentina oleada de calor que surgió en lo más profundo de su ser. Por no fijarse en el modo en el que los pezones se le habían erguido bajo el corsé de encaje francés que llevaba puesto debajo del vestido de novia. Se dijo que fue simplemente una respuesta fisiológica ante un hombre muy atractivo y que no significaba nada

Valentin extendió una mano hacia ella.

—No —repitió Imogene—. Esto no va a ocurrir.

—No podría estar más de acuerdo —dijo su exesposo con firmeza—. Vayámonos de aquí.

Él la agarró por el codo. Imogene, de mala gana, le permitió que la llevara hasta una sala adjunta, mientras trataba de negar el hecho de que, a pesar de todos los años que habían estado separados, el fuego que siempre había ardido tan vivamente entre ellos había vuelto a prender casi sin que se diera cuenta. Sintió que la piel se le caldeaba justo en el lugar por el que Valentin la había agarrado. Sus sentidos cobraban vida ante su corpulencia, ante el mismo aroma de entonces, un aroma que ella se había esforzado mucho por olvidar, pero que parecía estar impreso indeleblemente en lo más profundo de su ser.

Una mujer de cierta edad con cabello plateado y ojos azules se levantó del asiento del primer banco del lado del novio.

—Valentin…

—Nagy —dijo él—, creo que deberías venir con nosotros. Tienes muchas cosas que explicar.

¿Muchas cosas que explicar? Imogene frunció el ceño. Se sentía muy confusa. Había reconocido el diminutivo en húngaro para «abuela» de cuando Valentin solía hablarle de su familia. ¿Cómo era posible que su abuela tuviera algo que ver con lo que estaba ocurriendo?

–Sí, creo que sí –replicó la anciana con voz firme. Se volvió para apaciguar a los invitados con una sonrisa tranquilizadora–. Que no se preocupe nadie. Volveremos enseguida.

¿Enseguida? Imogene lo dudaba, pero permitió que Valentin la condujera detrás de la anciana, que caminaba decididamente delante de ellos.

–Explícate –le exigió Valentin en el momento en el que cerró la puerta.

–Hice exactamente lo que me pediste. Te encontré una esposa.

–No lo comprendo… –dijo Imogene.

Valentin tampoco lo comprendía. El encargo que le había dado a Alice había sido bastante concreto. Quería una esposa y una familia. Después de un primer intento fallido hacía siete años, cuando había dejado la lógica a un lado y había dado un salto sin red, había decidido tomar un enfoque más racional. Sin embargo, jamás hubiera imaginado que sería su exesposa la que se presentaría ante él aquel día. Su belleza había aumentado en los años que habían pasado desde la última vez que la vio.

Se tomó un instante para ver a su encantadora ex. Seguía teniendo el cabello cobrizo que tan abundantemente le adornaba la cabeza, los ojos verdes grisáceos que lo miraban con desaprobación en aquel instante y la suave piel de alabastro. Todo ello formaba ya parte del pasado y ahí era donde debía seguir estando.

Valentin centró su atención en su abuela, que recuperó la compostura con su habitual gracia y distinción antes de volver a tomar la palabra.

–Imogene, deja que te explique, pero, primero, siéntate. Y tú también, Valentin. Ya sabes que no puedo tolerar que no dejes de moverte de un lado a otro. Desde niño, siempre ha parecido que tenías hormigas en los pantalones.

Valentín se tragó sus palabras en aquella ocasión. Se limitó a indicarle a Imogene que se sentara y, a continuación, él hizo lo mismo. Estaban lo suficientemente cerca como para que él pudiera oler su fragancia. Era diferente de la que ella solía utilizar cuando estaban juntos, pero no menos potente en lo que se refería al efecto que ejercía en sus sentidos. Utilizó su autocontrol para ignorar el modo en el que el aroma lo turbaba, invitándole a acercarse un poco más a ella, a inhalar más profundamente y a poder centrarse en su abuela.

Alice se acomodó detrás del escritorio del pequeño despacho y colocó las manos sobre el cartapacio. Se tomó su tiempo para empezar a hablar. Evidentemente, quería escoger bien sus palabras.

–Me gustaría recordaros que los dos firmasteis un contrato para casaros hoy.

–¡No con él!

–¡Con ella no!

Los dos respondieron al mismo tiempo y con el mismo énfasis.

–No recuerdo que ninguno de los dos dijerais que había excepciones cuando fuisteis a contratar los servicios de Matrimonios a Medida, ¿verdad? —dijo arqueando una plateada ceja—. Cuando firmasteis los contratos con Matrimonios a Medida, nos disteis la potestad para encontrar a vuestra pareja de vida ideal, algo que yo… nosotros hicimos —añadió, corrigiéndose.

—¿Cómo? —le preguntó Imogene a Valentin—. ¿Tu abuela forma parte de todo esto?

El asintió.

—Sí. Y normalmente se le da muy bien, pero, en nuestro caso, evidentemente ha cometido un error.

Alice suspiró e hizo un gesto de contrariedad con los ojos.

—Yo no cometo errores, Valentin. Nunca. Y mucho menos en este caso.

—Espero sinceramente que no esperes que me lo crea —replicó él con frustración—. Dimos por terminado nuestro matrimonio hace siete años debido a diferencias irreconciliables.

—Infidelidad —aclamó Imogene—. Por tu parte.

Valentin estaba a punto de perder el control.

—Como he dicho, diferencias irreconciliables. Por lo que yo veo, eso no ha cambiado entre nosotros, así que no veo cómo Imogene ha podido salir como mi pareja perfecta. En esta ocasión, tu instinto te ha fallado, abuela.

—¿Instinto? —repitió Imogene atónita—. Creía que los emparejamientos los realizaban especialistas, no que se hicieran al tuntún. ¿No le parece que eso indica que usted ha incumplido su contrato, señora Horvath?

Valentin observó cómo su abuela estudiaba atentamente a su ex.

–Encontrarás que el tuntún, tal y como tú lo llamas tan despreciativamente, está perfectamente definido en la cláusula 24.2.9, subpárrafo a. Creo que el término exacto que se utiliza es «evaluación subjetiva realizada por Matrimonios a Medida».

–Eso es ridículo –protestó Imogene.

–¿Me permites que te recuerde que nadie te obligó a firmar ese contrato? –le preguntó Alice con voz gélida.

–Sea como sea –interrumpió Valentin antes de que Imogene pudiera dar rienda suelta a las palabras que se imaginaba ya se le estaban acumulando en la punta de la lengua–, lo que has hecho es manipularnos descaradamente a los dos. Esto no tiene por qué convertirse en un enfrentamiento. Los contratos se pueden cancelar sin problemas. Y creo que hablo en nombre de Imogene y de mí mismo cuando digo que este matrimonio no se va producir.

–Y yo hablo en nombre de Matrimonios a Medida cuando digo que sí se producirá. Estáis hechos el uno para el otro.

–¡Imposible! –rugió Imogene en un tono poco elegante–. Yo dije específicamente que la infidelidad rompía el trato. Si mi futura pareja no se pudiera comprometer a serme fiel, yo no podría ni siquiera considerar el matrimonio con él. ¿Qué es lo que no queda claro de eso?

–Yo no fui infiel –protestó Valentin frustrado.

Ya habían hablado de aquel asunto hacía siete años, pero la negativa de Imogene a aceptar su palabra y sus promesas había provocado que ella lo abandonara sin ni siquiera mirar atrás. De hecho, al menos para ella, había sido demasiado fácil dar por finalizada su vida en común. Los sueños y la pasión. Por su parte, Valentin se había recordado con frecuencia en aquellos días que era mejor haber descubierto su falta de compromiso para quedarse entonces que más tarde, cuando también hubiera habido niños de por medio.

–¡Dejad de comportaros como un par de niños peleándose! –les amonestó a ambos Alice–. Vuestro emparejamiento se ha realizado después de pruebas muy rigurosas. No hay nadie más perfecto para cada uno de vosotros que vosotros mismos. Valentin, ¿confías en mí?

–Ya no estoy muy seguro, para serte sincero, Nagy –respondió él mientras se pasaba una mano por la mandíbula.

–Bueno, pues es una pena –dijo Alice con cierta desaprobación–. Sin embargo, tal vez os deis cuenta de lo equivocados que estáis. Podéis disfrutar de un matrimonio feliz a pesar de lo desafortunadamente que terminó vuestro último intento como pareja.

–¿Intento? –repitió Imogene–. Lo dice como si yo hubiera tomado la decisión de dejar a Valentin a la ligera, cuando le puedo asegurar que no fue así.

Alice agitó una mano en el aire como si las palabras de Imogene no tuvieran importancia alguna.

–Los hechos son que cada uno de vosotros pidió una pareja para toda la vida cuando contratasteis los servicios de Matrimonios a Medida. Todos los datos que se obtuvieron durante vuestro proceso de análisis apoya mi, nuestra, decisión de emparejaros de nuevo. Sé que los dos tenéis problemas…

–¿Problemas?

Aquella vez fue Valentin el que repitió.

–Os pido que me escuchéis –les ordenó Alice mirándolo con autoridad–. ¿Podéis decir los dos sinceramente que el hecho de haberos vuelto a ver os ha dejado fríos?

Valentin se rebulló un poco en la silla, consciente de que la reacción física que había tenido al ver a Imogene había sido tan fiera e instantánea como lo había sido siempre. Aún recordaba la primera que la vio, cuando ella llevó a un niño de su escuela de primaria a Urgencias, donde él trabajaba como especialista. A pesar de que había ejercido su papel como médico impolutamente, se había visto bastante afectado por la presencia de Imogene. En aquella oficina, cuando estaba sentada a su lado tratando de no cruzar su mirada con la de él cuando Valentin la miraba, él no podía dejar de observar la orgullosa postura de su esbelto cuerpo y la decidida línea de la mandíbula. Una mandíbula que él había trazado de besos. El cuerpo se le tensó de repente por el deseo. La necesidad que sintió de ella fue tan abrumadora como lo había sido siempre. Se volvió a mirar a su abuela.

–No, no puedo –dijo él de mala gana.

–¿Y tú, Imogene? Cuando viste que era Valentin el que te estaba esperando hoy en el altar, ¿cómo te sentiste?

–Confusa –replicó ella secamente.

–¿Y? –insistió Alice.

–Está bien. Me sentí atraída por él, pero la atracción no es lo único necesario para que funcione un matrimonio. Eso ya lo hemos demostrado.

–Sí, así es –admitió Alice–, pero, dado que la atracción aún arde entre vosotros, ¿no os parece

13

que os debéis el hecho de descubrir si, en diferentes circunstancias, podréis conseguir tener un matrimonio feliz?

—Creía que yo ya lo había intentado en su momento —protestó Imogene—. Amaba a Valentin con todo mi corazón. Un corazón que él terminó rompiendo.

Alice suspiró y se reclinó en su asiento. Entonces, entrelazó las manos encima del regazo.

—Entiendo —reconoció—. Y aún te duele, ¿verdad?

Imogene asintió secamente.

—En ese caso, aún tienes sentimientos sin resolver hacia mi nieto, ¿verdad?

Valentin protestó.

—Nagy, eso no es justo. Ella tomó una decisión hace mucho tiempo. No puedes obligarnos a hacer esto. Es cruel e innecesario.

—Nunca es fácil afrontar los fracasos —dijo Alice lentamente mientras se levantaba de su asiento—. Os dejaré a solas durante unos minutos para que podáis hablar un poco más. Os pido encarecidamente que deis una oportunidad más a vuestro matrimonio. Desde entonces, vuestras circunstancias han cambiado dramáticamente. Ninguno de los dos es tan joven o tan volátil como erais y, permitidme que os lo diga, ninguno ha tenido tampoco una pareja más adecuada desde entonces. Os ruego que habléis como adultos racionales. Aseguraos de que no pasareis el resto de vuestras vidas preguntándoos si os deberíais haber dado otra oportunidad. Esperaré fuera para que me comuniquéis vuestra decisión. No me hagáis esperar demasiado tiempo.

Capítulo Dos

Alice cerró la puerta y los dejó a los dos solos en la sala.

–Menuda es tu abuela –protestó Imogene con dureza–. ¿Cómo se ha atrevido a hacer algo así?

–Se atreve porque es a lo que se dedica.

Imogene se levantó de la silla. El vestido susurró con el rápido movimiento y la profunda respiración bajo el escote joya.

–¿A lo que se dedica? ¿En serio? ¿Estás justificando su comportamiento? –le preguntó Imogene con incredulidad. Dejó escapar una seca carcajada.

–No, no lo estoy justificando. Estoy tan furioso y atónito como lo estás tú. Ni en un millón de años pensé que...

Imogene observó cómo Valentin se ponía de pie frente a ella. Siempre había sido un hombre muy corpulento, pero ella no le tenía miedo. Sabía demasiado bien lo tierno que podía ser y lo delicadas que eran sus caricias. El pulso se le aceleró ligeramente. Trató de cambiar sus pensamientos.

–Un millón de años no sería suficiente tiempo –murmuró ella mientras apartaba la mirada de los ojos azules de Valentin.

No. Ni el final de los tiempos sería suficiente para deshacer todo lo ocurrido durante su primera unión. Él se había llevado su amor, su adoración, su corazón y los había destruido por completo.

Imogene jamás olvidaría el momento en el que entró en la pequeña casa de ambos y olió el distintivo perfume que siempre se ponía una de sus colegas en el hospital. Tampoco olvidaría cómo, a duras penas, se dirigió hacia el dormitorio, donde descubrió a la mujer, aún desnuda y adormilada, en la cama que ella compartía con Valentin.

Las sábanas estaban revueltas. El aroma del sudor combinado con el del sexo flotaba pesado en el ambiente. Imogene había oído el sonido de la ducha en el pequeño cuarto de baño que había al final del pasillo, pero no había esperado a ver a su marido. Cuando Carla, su compañera, le preguntó si estaba buscando a Valentin indicándole el cuarto de baño, ella se dio la vuelta y se marchó.

Entró en el primer bufete de abogados que encontró. Completamente aturdida, empezó a realizar todos los trámites para disolver el matrimonio que, evidentemente, tan poco había significado para Valentin. Sin embargo, para ella lo había significado todo.

Se había quedado sumida en un profundo estado de shock. ¿Y si había malinterpretado a Carla? Sin embargo, si hubiera sido así, ¿por qué había renunciado Valentin a ella tan fácilmente? Si era tan inocente como afirmaba ser, ¿por qué, a lo largo de las siguientes semanas no había ido a buscarla al hotel al que ella se había mudado mientras terminaba su contrato de maestra para poder regresar a los Estados Unidos? En vez de eso, simplemente la había dejado marchar, lo que a ella le parecía que era indicativo de una conciencia culpable. Además, no quería pensar ni por un instante que ella hubiera cometido un error. Carla no había tenido razón para mentir e Imogene sabía que Valentin y ella habían sido pareja antes de que ella misma llegara a África. Se lo había dicho el propio Valentin. Imogene había sido una tonta al creerle cuando él le dijo que todo se había terminado entre ellos y que Imogene era la única mujer para él.

El sonido que hizo Valentin al aclararse la garganta la devolvió al presente.

—Entonces, supongo que es no.

—Supones bien —respondió ella.

—¿Ni siquiera estás dispuesta a pensarlo?

—Ni siquiera —afirmó ella—. No volveré a casarme con un mujeriego.

—Imogene —dijo él pronunciando el nombre con suavidad, con un cierto tono de arrepentimiento que la afectó muy profundamente—, nunca te fui infiel.

—Sé lo que vi, Valentin. No me tomes por una completa idiota.

Él se mesó el cabello con frustración.

—Lo que viste fue…

—¡A tu amante acurrucada entre mis sábanas, en mi cama y oliendo a ti! —exclamó ella airadamente.

—No era lo que pensaste que era…

—¡Ah, vaya! ¿Ahora me vas a decir que no te acostaste nunca con ella?

—Sabes que no puedo decirte eso, pero te dije la verdad cuando te conté que todo formaba ya parte del pasado. Jamás te fui infiel —insistió.

—Tú dices una cosa, pero yo vi otra.

Valentin dio un paso hacia ella, pero Imogene retrocedió. Lo intentó al menos, porque el movimiento se vio interrumpido por la pared que tenía a sus espaldas. Ella lo miró con irritación, estudian-

17

do unos rasgos que le resultaban demasiado familiares. Involuntariamente, observó las líneas de expresión, que se habían profundizado a lo largo de los años, las nuevas que habían aparecido en la frente y la barba, que persistía en hacerse notar, aunque se hubiera afeitado hacía muy poco tiempo. Su rostro le había resultado tan querido… Si cerraba los ojos, era capaz de recordar cada detalle: el color de los ojos, las pestañas oscuras que los enmarcaban, el modo en el que su especial tonalidad de azul se oscurecía y profundizaba cuando estaba excitado. Tal y como estaba ocurriendo en aquellos momentos…

El deseo se apoderó de ella. Nunca había habido un hombre que ejerciera el mismo efecto sobre ella. Nunca. Solo Valentin. Nadie había conseguido igualarle nunca ni, seguramente, lo igualaría en el futuro. Eso la dejaba entre la espada y la pared. Podía ir en contra de todo lo que se había prometido que jamás aceptaría o se conformaría con menos de lo que sabía que Valentin podía darle.

—¿Podemos declarar una tregua? —le preguntó Valentin con voz ronca.

Imogene conocía aquel tono de voz, sabía que él estaba poseído por el mismo deseo que ella sufría por él. Sin embargo, en el caso de ella, solo era por él. ¿Podría Valentin decir lo mismo? Lo dudaba.

—Tal vez —contestó de mala gana.

—¿Qué te ha traído hoy aquí? —le preguntó él.

—Dímelo tú primero —insistió ella. No estaba dispuesta a mostrar debilidad alguna ante el hombre que había tenido el poder de amarla para siempre o de destruirla y que había elegido lo último.

–Está bien –dijo él de repente–. Cuando le pedí a Nagy que me buscara una esposa, tenía una imagen muy clara en mente. Quería una compañera, alguien con quien pudiera compartir mis pensamientos más íntimos. Alguien que quisiera tener un hijo, o varios. Cuando me dejaste, pensé que podía vivir la vida sin una familia propia, pero, van pasando los años y no veo un futuro sin una esposa y unos hijos. Supongo que es parte de la condición humana querer formar parte de algo, saber que una parte de ti seguirá viviendo...

Imogene sintió que, inesperadamente, los ojos se le llenaban de lágrimas. Las palabras que él había elegido, las razones para estar allí aquel día, eran muy parecidas a las de ella. ¿Cómo podían tener tanto en común y, al mismo tiempo, ser la persona equivocada el uno para el otro?

Valentin prosiguió hablando.

–¿Es esa también la razón por la que te pusiste en contacto también con la empresa de Nagy?

–Si hubiera sabido que era la empresa de tu abuela, habría salido corriendo tan rápidamente como hubiera podido –le dijo ella en tono desafiante. Entonces, se suavizo–. Sí. Esa es exactamente la razón por la que firmé mi contrato. Quiero tener hijos. Amar incondicionalmente. Pero, más que eso, quiero un compañero. Alguien en quien poder apoyarme. Alguien en quien poder confiar.

Confiar.

La palabra pareció quedar flotando entre ellos. Valentin respiró profundamente. La confianza no había abundado en África, y no solo en su matri-

19

monio. A su alrededor, habían existido la amenaza y el peligro constantes, dado que un débil gobierno luchaba contra la corrupción a todos los niveles. Incluso dentro del hospital, había personas en las que sabía que no podía confiar.

–Lo de la confianza debe de ser algo mutuo, ¿no? –preguntó él suavemente.

–Siempre. Nunca tuviste motivo alguno para no confiar en mí, Valentin. Nunca.

–Por el contrario, tú sientes que no puedes confiar en mí. ¿Es eso lo que estás diciendo?

–Basándome en experiencias pasadas, ¿qué más puedo decir? Fuiste tú el que rompió nuestros votos matrimoniales, no yo.

La frustración y la ira de antaño parecieron surgir desde lo más profundo. Ella no le había escuchado entonces y dudaba que le escuchara en aquellos momentos.

–En ese caso, esto nos deja en punto muerto, ¿no? A menos que estés dispuesta a dejar el pasado a un lado.

Imogene lo miró con incredulidad.

–¿Crees que debería olvidar que te follaste a otra mujer en nuestra cama?

Utilizó deliberadamente un lenguaje fuerte.

–Nunca ocurrió. ¿Me viste aquel día, Imogene? No, porque no estaba allí. No me diste oportunidad de hablar contigo antes de que ese abogado me enviara los papeles. Tal vez, al menos ahora me escucharás.

Le había molestado mucho que Imogene nunca le hubiera dado la oportunidad de explicar lo que ella pensaba que había visto. De hecho, el hecho de que ella hubiera estado tan dispuesta a adjudicarle el papel del villano tan rápidamente, parecía reflejar lo poco adecuados que habían sido.

–Mira, sé que te sorprendió encontrar a Carla en nuestra casa y, sobre todo, en nuestra cama. Cuando le di la llave de nuestra casa, se suponía que era para que pudiera dormir entre turnos porque los enfermos se habían apropiado de las camas para los médicos. Ya sabes los turnos alocados que teníamos que trabajar y el volumen de pacientes que teníamos que tratar. Carla se merecía un descanso y yo le dije que podía utilizar nuestra casa porque estaba cerca del hospital. No sabía que planeaba tener compañía. Yo no estaba con ella ese día.

–Eso no fue lo que ella me empujó a creer.

–¿Ella te dijo que yo estaba allí?

Imogene dudó. Repitió las palabras en la cabeza como había hecho antes tantas veces.

–No con tantas palabras –admitió.

–Y, sin embargo, sigues sin creerme.

–No... no puedo.

Al escuchar el dolor que se reflejaba en sus palabras, Valentin volvió a pensar. Parecía estar sumida en una batalla interna. Tal vez, solo tal vez, quería creerlo. Se preguntó cómo se habría sentido él en la misma situación. Desgarrado. Confuso. Y enfrentándose al hecho de que, si le creía, en ese caso los siete últimos años de soledad y pena, el final de su matrimonio, habrían sido todo culpa suya. Sin embargo, no era así. Aunque él nunca le había sido infiel a Imogene, sabía que debería haber hecho mucho más para pelear por su matrimonio. Debería haberla seguido, haber insistido para verse.

Sabía que Carla podía ser muy intimidante. Tenía mucha seguridad en sí misma. Le había echado el ojo a Valentin en cuanto llegó a cumplir su trabajo de voluntario y habían tenido una breve e intensa aventura. Cuando Imogene entró en escena, Carla volvió a fijarse en él y le dejó claro a todo el mundo, incluso a Imogene, que él le pertenecía. Sin embargo, Carla estaba muy equivocada. Desde el momento en el que Valentin vio a Imogene, solo había habido una mujer para él.

Y así seguía siendo.

Admitirlo no le había resultado fácil. El orgullo siempre había sido un hándicap para él. Había sido un niño prodigio y no estaba acostumbrado a cometer errores. Su mundo había estado lleno de éxitos, cada uno más importante que el anterior. Su fracasado matrimonio con Imogene había sido el punto negro en la impecable hoja de su vida y era algo que se veía obligado a rectificar. Si pudiera persuadirle de que le diera, les diera en realidad, otra oportunidad, tal vez podrían conseguir que las cosas funcionaran.

Las palabras de su abuela no hacían más que repetírsele en la cabeza. Aseguraos de que no pasareis el resto de vuestras vidas preguntándoos si os deberíais haber dado otra oportunidad. ¿Se arrepentiría si no volvía a intentarlo? Miró a Imogene, resplandeciente en su vestido de novia, la misma mujer que se había casado con él en una precipitada ceremonia hacía ya siete años, aunque sutilmente diferente de una manera que ansiaba explorar, y comprendió que la respuesta era un rotundo e inequívoco sí.

Eligió sus siguientes palabras cuidadosamente.

–Entonces, ¿no hay nada que pueda hacer para que consideres volver a casarte conmigo?

–No me puedo creer que ni siquiera quieras volver a pensar en que nos casemos de nuevo –replicó ella.

–¿Por qué no? Retiremos los sentimientos de la ecuación y tratemos de mirar esto desde un punto de vista lógico. En esta ocasión, los dos nos acercamos al matrimonio de una manera más práctica y, sin embargo, míranos. Aquí estamos de nuevo. No hay que descartar tampoco que fue la ciencia la que nos emparejó.

–¡Ciencia! –exclamó ella con incredulidad–. Más bien será que tu abuela ha manipulado los resultados.

–¿Y por qué iba a hacerlo si solo iba a conseguir que volviéramos a ser infelices?

–Entonces, ¿qué estás sugiriendo? ¿Que lo intentemos? Seré sincera contigo, Valentin. No tengo esperanza alguna de que las cosas vayan a ser diferentes de lo que lo fueron la primera vez. Tal vez nos fuera bien en la cama, pero fuera de ella teníamos muy poco en común. Por mucho que me cueste dejar a Carla a un lado, no creo que hubiéramos durado. Nos conocimos en unas circunstancias extremas. No fue una relación normal en el sentido de la palabra.

–Entonces, ¿por qué no le damos otra oportunidad a ver cómo nos va en un ambiente un poco más tradicional. No es muy probable que podamos encontrar otra pareja que nos haga sentir a los dos así –dijo él antes de extender un dedo y comenzar a trazarle el contorno de labio inferior.

La sorpresa y el deseo se enfrentaron cuando

sintió la delicadeza de su piel. Su calidez. El ardiente suspiro que ella dejó escapar entre los labios. Todos los músculos de su cuerpo se tensaron con anticipación. Sentía deseos de cerrar la distancia que los separaba, de volver a saborear la ternura de aquellos labios y descubrir si seguían siendo tan dulces, y también tan descarados, como entonces. Observó cómo las mejillas se le sonrojaban y cómo se le dilataban las pupilas.

–Imogene, míralo así. Tenemos un sólido acuerdo prenupcial. Una cláusula de divorcio en tres meses. ¿Qué tenemos que perder?

Vio que la batalla que se estaba produciendo en el interior de su cuerpo se reflejaba en sus ojos, en su entrecortada respiración. Sintió un momento de debilidad, una hendidura en la férrea armadura, y aprovechó la oportunidad para cargar directamente contra ella.

–Los niños, Imogene. Piensa en los niños que podríamos tener juntos si todo saliera bien. La familia que siempre habíamos querido. Si accedes a casarte de nuevo conmigo, te prometo que no lo lamentarás. Te seré fiel. Me encargaré de cumplir todas tus necesidades como esposo y compañero en la vida. La última vez te fallé. No luché por ti del modo en el que debería haberlo hecho y por eso voy a luchar ahora. Sé que en lo que se refiere a mi trabajo, me obsesiono, lo que me dejó muy poco tiempo para ti. No vi las grietas que aparecieron en nuestro matrimonio. No vi lo vulnerable que eras. Si hubiera sido un marido mejor, jamás habrías llegado a la conclusión de que te había sido infiel. Si nos das otra oportunidad, no permitiré que eso vuelva a ocurrir. ¿Cuál es tu respuesta? ¿Quieres casarte conmigo?

Capítulo Tres

Ella dijo que sí.

Alice Horvath ni siquiera era capaz de describir el alivio que se apoderó de ella cuando Valentin salió del despacho y le informó de que la boda seguía adelante. Nunca había querido pensar siquiera que no fuera a ser así, dado que confiaba plenamente en su instinto y no le costaba persuadir a los demás de que nunca se equivocaba, pero, en lo que se refería a sus nietos, parecía que no paraban de cuestionar su buen juicio.

Valentin se había marchado para reunirse con su hermano Galen y un puñado de primos que le estaban esperando en la sala donde se iba a celebrar la ceremonia. Alice se tomó un instante para encontrar su medicación en el bolso antes de ir a ocupar de nuevo su asiento. Aquel maldito dolor en el pecho se estaba convirtiendo en una verdadera lata. Se contuvo para no frotarse donde le dolía, dado que, de todos modos, no le servía de nada. Se metió una pastilla debajo de la lengua justo cuando Imogene salía del despacho.

–¿Se encuentra bien, señora Horvath? –le preguntó.

–Estoy bien, querida. Estoy encantada de que hayas decidido seguir adelante con la boda.

–Digamos que su nieto puede ser muy persuasivo.

Alice miró a la joven cuidadosamente. Resultaba fácil ver por qué Valentin se había sentido atraído por ella. Aparte del cabello castaño rojizo y la delicada figura, tenía una exquisita belleza que quedaba resaltada por una fuerte personalidad y una brillante inteligencia. Durante las comprobaciones de datos, Alice había descubierto que, en los últimos siete años, Imogene había convertido sus centros de educación infantil en un negocio que se había convertido en franquicia por todo el país. Era una mujer fuerte e independiente con la cabeza bien amueblada, pero era la faceta emocional de Imogene lo que más intrigaba a Alice. Sabía que Imogene casi no había salido con nadie desde que regresó de África. Tanto si era porque estaba demasiado ocupada para tener una relación o sencillamente porque no estaba emocionalmente preparada, Alice se alegró de que Imogene no se hubiera lanzando a una nueva aventura amorosa.

Cuando Alice vio a Valentin, con un personalidad distante y algo misteriosa, al lado de la llama de luz que aquella mujer era, comprendió que ella era sin ninguna duda el yin para su yang. Los datos del ordenador y sus especialistas habían apoyado por completo su instinto. Jamás se habría arriesgado con la felicidad de ninguno de los dos si no hubiera sido así. La vida era demasiado valiosa, tal y como estaba empezando a comprender.

La pastilla siguió disolviéndosele debajo de la lengua y, poco a poco, el dolor que tanto la había martirizado en los últimos meses comenzó a remitir. Alice respiró profundamente, aliviada al sentir que la tensión desaparecía, y le dedicó una sonrisa a la hermosa novia que tenía delante de ella.

–¿Regresamos a la ceremonia? –le preguntó.

–Tal vez le podría pedir a mi madre que se una de nuevo a mí –dijo Imogene con una cierta indecisión–. Me sentiría mejor con ella a mi lado.

–Por supuesto. No te arrepentirás, ¿sabes? Tal vez no sea fácil volver a amaros el uno al otro como antes. De hecho, espero que los dos descubráis una nueva clase de amor esta vez. Algo más fuerte, algo que dure en el tiempo. Ese es mi deseo para Valentin y para ti.

–Eso habrá que verlo.

–Así es y os costará trabajo a los dos.

Imogene asintió. Alice se apartó de ella. Aquella pareja iba a ser muy interesante. Estaba segura de ello.

Imogene se dejó llevar, repitiendo las palabras que le decían que repitiera y escuchando cómo Valentin hacía lo mismo. La ceremonia fue muy sencilla. En muchos sentidos, resultaba tan desapegada como lo había sido su primera boda, aunque el encargado de celebrarla parecía querer imprimir más alegría que el aburrido funcionario que celebró la ceremonia en África.

África. Tenía que dejar de pensar en el pasado y de compararlo con el presente.

La segunda ceremonia marcaba un nuevo comienzo, uno al que ella se había dejado arrastrar. Aún no sabía cómo Valentin le había persuadido para seguir adelante. Lo único que sabía era que, con la ligera caricia de la yema del dedo sobre los labios, le había recordado la incendiaria atracción que habían compartido. Con solo un dedo había conseguido que ella tomara una decisión que la afectaría durante el resto de su vida. Todo su cuerpo había reaccionado.

Lo más importante era, después de haber accedido a seguir adelante con el matrimonio, lo que les esperaba después.

—Ahora, puedes besar a la novia.

Abrió los ojos de par en par al ver la sonrisa de Valentin. Le resultaba imposible moverse. La mirada de Valentin se había cruzado con la suya. Él la observaba con una expresión seria mientras le levantaba la mano izquierda para llevársela a los labios y besar la alianza de boda.

—Este es el anillo que te merecías desde el principio —murmuró antes de acercarse más a ella.

Imogene contuvo el aliento antes de sentir la presión de los labios de Valentin sobre los suyos. Las sensaciones fluyeron a través de ella, irradiando hasta las puntas de los dedos y las plantas de los pies, por no mencionar todo lo que había por en medio. Separó los labios ligeramente y le devolvió instintivamente el beso. Le colocó la mano sobre el pecho durante un breve instante antes de deslizársela alrededor del cuello. La textura del cabello, ligeramente largo, contra los dedos, le provocó otra nueva oleada de sensaciones y la empujó a levantarse ligeramente. El brazo de Valentin le rodeó la cintura, inmovilizándola contra él.

Siempre había sido así entre ellos. Tanta intensidad. La abrumadora sensación de estar juntos, como si el mundo comenzara y terminara con el otro.

—Hmm, chicos —susurró Galen, el hermano de Valentin—, ¿os importa dejar algo para la luna de miel?

Los allí presentes se echaron a reír. Valentin se retiró lentamente. Imogene se sentía bastante aturdida por lo que acababa de ocurrir entre ellos. Siete años y seguía sintiéndose atraída por él.

–¿Te encuentras bien? –le preguntó Valentin amablemente. Su brazo aún rodeaba la cintura de Imogene y los ojos azules la miraban atentamente, como si estuvieran buscando cualquier señal de incomodidad.

–Bueno, aparte de mi lápiz de labios, que probablemente ha desaparecido ya, estoy bien –dijo tan tranquilamente como pudo, a pesar de los rápidos latidos del corazón y del hormigueo que sentía en ciertas partes de su cuerpo que no habían sentido nada desde hacía mucho tiempo.

Él le dedicó una sonrisa, volvió a tomarle la mano y así, juntos, se volvieron para mirar a todos los presentes.

–¡Os presento al señor y a la señora Horvath! –declaró triunfante el que había realizado la ceremonia mientras, subrepticiamente, se limpiaba el sudor de la frente con un pañuelo.

Ya estaban casados. Imogene no se lo podía creer, pero resultaba imposible no notar los fuertes dedos que estaban aferrados a los suyos y la presencia del que ya era su esposo a su lado.

Su madre se acercó rápidamente, con las mejillas aún húmedas por las lágrimas, para darles la enhorabuena. Sin embargo, cuando se retiró, le dedicó a Valentin una severa mirada.

–No lo estropees esta vez, jovencito. Tienes suerte de poder disfrutar de una segunda oportunidad con mi chica. Cuídala.

–Lo haré –prometió Valentin.

Imogene sintió vergüenza al escuchar las palabras de su madre, pero la suave presión de la mano de Valentin le indicó que él no se había ofendido. Sabía que su madre jamás comprendería por qué había decidido seguir adelante aquel día. O tal vez sí. Después de todo, su propio marido había tenido varias aventuras, aunque muy discretamente, durante su matrimonio. Esa podría ser la razón por la que Imogene tenía una opinión tan tajante sobre la infidelidad. Siempre se había preguntado por qué su madre había accedido a conformarse con menos del cien por cien de su marido, por qué había permitido que otras mujeres ocuparan un lugar en su vida, un lugar que debería pertenecerle solo a ella. Sin embargo, su madre aceptaba muchas cosas en su persecución de una vida ordenada. Estaba tan implicada en su trabajo en obras benéficas que disfrutaba de la distinción de estar casada con un famoso abogado especializado en derechos humanos y de que se la considerara tranquila e impasible, la anfitriona perfecta en todo momento. Imogene había aprendido muy pronto que, cuando ella se casara, quería tener mucho más que eso.

¿Podrían volver a amarse de nuevo? Cuando accedió a seguir adelante, lo único que había tenido en mente era su objetivo principal: un niño o niños propios a los que poder amar. Sin embargo, lo de amar también a su esposo… Miró a Valentin. No estaba segura de poder volver a confiar en él.

Sintió que su cuerpo se tensaba ante la idea de hacer un bebé. Él le había dejado muy claro que deseaba tener hijos también. ¿Sería ese el pegamento que lograría mantenerlos unidos?

«También te dijo que nunca te fue infiel», le susurró una vocecilla en su interior. Imogene deseó poder creerlo. Había tomado una decisión. Había accedido a casarse con él y que, una vez pasara el periodo de tres meses, si seguían juntos, comenzarían a buscar una familia. Hasta entonces, solo podía esperar.

Valentin contuvo su frustración. No se sentía bien rodeado de mucha gente y los invitados a la boda eran demasiado alegres, demasiado ruidosos. Cada célula de su cuerpo lo empujaba a tomar a Imogene de la mano y a llevársela rápidamente hacia el lugar donde los esperaba el helicóptero para llevarlos al aeropuerto de Seattle y, allí, tomar uno de los aviones privados Horvath para dirigirse a Rarotonga, donde pasarían su luna de miel. No podía esperar a que llegara ese momento. Aunque el beso con el que sellaron su matrimonio había sido mejor de lo que recordaba, sabía que, en aquella ocasión, los dos tendrían que andarse con cuidado para conseguir que su unión funcionara.

No tenía intención de crear una familia sin unos cimientos fuertes basados en el amor y en la confianza mutuos, a pesar de que consiguieran pasar sin problemas el periodo de tres meses de su matrimonio. No se lo haría a ella ni a los niños que pudieran tener. Su felicidad futura dependía de una cosa: tenía que recuperar la confianza que Imogene había tenido en él como pareja. Haría lo que fuera necesario para que su relación funcionara. Sin embargo, no podía ser solo por su parte. Necesitaba asegurarse que ella se esforzaba lo mismo que él en su futuro en común. Necesitaba asegurarse de que no saldría huyendo de nuevo.

El hecho de perderla la primera vez había sido una experiencia frustrante. Había conseguido superarlo del único modo que sabía, dedicándose a las cosas que era capaz de controlar. Se había reenganchado como voluntario y había trabajado más horas, había hecho más operaciones e, incluso bajo la creciente amenaza de una guerra civil, había realizado más visitas a las zonas de conflicto. A algunos podría haberles parecido que deseaba morir, porque el clima político de la nación se había hecho muy volátil y había provocado que los voluntarios comenzaran a marcharse. Sin embargo, a Valentin le permitía centrarse en lo que había que hacer y así poder olvidarse de la desconfianza y del abandono que Imogene le había causado con su huida.

Miró al otro lado de la sala, donde ella estaba charlando con sus amigos. Dios, era tan hermosa… No obstante, a pesar de la belleza física, sabía que tenía facetas que él aún debía descubrir.

Todo ello le devolvió los pensamientos de hacía unos instantes. No podía ceder a la poderosa atracción que había entre ellos. Si volvía a besarla, del modo que realmente deseaba hacerlo, no creía que fuera capaz de apartarse de nuevo.

El rostro de Imogene se iluminó con una carcajada. Una vez más, Valentin sintió el nudo en el vientre. Iba a tener que entrenar muy duro para quemar la energía sexual que se había hecho dueña de su cuerpo desde que volvió a ver a Imogene. En aquella ocasión, tenían que tomarse las cosas muy lentamente, empezar a conocerse de verdad y a comprenderse mutuamente antes de perderse de nuevo en las sensaciones físicas.

–¿Estás teniendo dudas?

Valentin se dio la vuelta y vio que se trataba de Galen, su hermano.

–No. ¿Acaso debería?

–Tengo que admitir que, al principio, me preocupé un poco. Habría apostado cualquier cosa a que lo de hoy no iba a salir adelante y que mis empleados iban a estar comiendo pastel el resto de la semana.

Galen era el director de la cadena de *resorts* turísticos Horvath y vivía allí en Washington. Valentin le dedicó una ligera sonrisa.

–Bueno, pues me alegro de que no les haya hecho pasar por eso.

–Algo es diferente. ¿Estás bien? –le preguntó Galen mientras lo miraba atentamente.

–¿Por qué?

–No lo sé exactamente. Estabas deseando casarte, lo sé, pero, cuando Imogene apareció, tú ibas a impedir la boda. Los dos parecíais convencidos de no querer seguir adelante. ¿Qué te ha hecho cambiar de opinión? No me digas que Nagy os ha embrujado –concluyó él con una carcajada.

Valentin guardó silencio un momento. Siempre había sido sincero con su hermano y también con su primo Ilya. Los tres habían crecido muy unidos. Sin embargo, por alguna razón, no quería expresar con palabras lo que había sentido cuando tomó la decisión de intentar persuadir a Imogene de que siguieran adelante con la boda.

–Tal vez sí –admitió–, pero aún es pronto. Tendremos que superar primero los tres meses de pruebas.

–Lo dices como si no creyeras que vaya a ser fácil.

–Nada que merezca la pena lo es. Eso lo sabemos los dos, ¿verdad? E Imogene y yo tenemos mucho trabajo por delante. Ella aún sigue creyendo que yo le fui infiel.

Galen sacudió la cabeza con incredulidad

–Como si eso fuera posible. Eres el hombre más leal que conozco. ¿Con quién cree que tuviste una aventura?

–Con una de las doctoras con las que trabajaba.

–¿Estaba buena?

–Sí, está muy buena.

Galen se tensó.

–¿Está buena, en presente?

Valentin siempre podía confiar que su hermano captara al vuelo una amenaza tácita.

–Sí. Y trabaja para mí en estos momentos como jefa de investigación y desarrollo en Nueva York.

Galen lanzó un silbido.

–Eso podría ser un problema. ¿Se lo has dicho ya a Imogene?

–No. Y espero que podamos superar eso antes de que se convierta en un problema.

–Cuando, si alguien puede hacerlo, ese eres tú, hermanito. Te mereces ser feliz. Solo espero que Imogene sea la persona con la que puedas encontrar la felicidad.

–Yo también. Yo también.

Capítulo Cuatro

El avión era impresionante. Tenía incluso un dormitorio con un cuarto de baño de lujo. Imogene se preguntó si estaría bien tomar un baño de burbujas a más de diez mil metros de altura, pero descartó la idea. En aquellos momentos, todas y cada una de las células de su cuerpo y de su mente estaban agotadas. Lo único que quería hacer era descansar. Miró la amplia cama del dormitorio y las sábanas egipcias que la cubrían. Sabía que era el algodón más fino porque lo había tocado. Deslizó la mano una vez más sobre la sedosa suavidad que creaban tantos hilos.

En ese momento, Valentin entró en el dormitorio.

—¿Estás cansada? —le preguntó mientras se aflojaba la corbata.

—Destrozada —replicó.

Había sido un día muy duro en muchos sentidos. Lo más importante había sido descubrir que aún se sentía poderosamente atraída por su exesposo. Bueno, al que volvía de nuevo a ser su marido. Jamás habría creído que él podría convencerla para que siguieran adelante, pero se había mostrado tan persuasivo que había estado a punto de hacerle creer que tal vez había cometido un error hacía siete años. Que tal vez debería haber esperado y escuchado antes de reaccionar. Sin embargo, dada su propia situación familiar y su vehemencia por no verse en la misma situación que su madre, no era de extrañar que hubiera reaccionado del modo en el que lo había hecho. Si, Dios no lo quería, se volvía a ver en la misma situación, ¿no volvería a hacer lo mismo?

Miró a Valentin y vio la tensión reflejada también en su rostro.

–Tú también debes de estar agotado. Recuerdo que no te gustaban demasiado los eventos sociales.

–Y recuerdas bien. Mira, tenemos más de catorce horas antes de que lleguemos a Rarotonga. Deberíamos dormir un poco para estar frescos cuando lleguemos a las Islas Cook.

–¿Quieres quedarte con la cama? –le ofreció–. Yo puedo dormir en la sala.

–No. Quédate tú con la cama. Igual que tú recuerdas lo incómodo que yo me siento en los eventos sociales, yo me acuerdo de que necesitas estar cómoda para dormir.

Imogene sintió que se sonrojaba al escuchar aquellas palabras. Las imágenes llenaron rápidamente su pensamiento. Los dos en una estrecha cama doble haciendo de todo menos dormir. O cuando sí dormían y, a pesar del calor de África, se acurrucaban tanto el uno contra el otro que resultaba difícil saber dónde terminaba uno y dónde comenzaba el otro. Imogene se había acostumbrado a dormir con él tan rápidamente que habían tenido que pasar meses antes de que dejara de buscarlo en la oscuridad después de que regresara a Nueva York.

Desvió la mirada antes de sugerir una estupidez, como que los dos volvieran a compartir la cama. Después de todo, estaban casados y tenían un objetivo común, el de crear una familia juntos. Sin embargo, Imogene sabía que no estaba preparada para dar ese paso. Al menos por el momento.

–Gracias –dijo por fin–. ¿Quieres usar tú primero el cuarto de baño?

Valentin se echó a reír.

–¿Qué te hace tanta gracia? –le preguntó ella.

–Nosotros. Parecemos tan civilizados.

Imogene se echó a reír.

–Es verdad. Sorprendente dadas las circunstancias, si te paras a pensarlo.

–Eso demuestra que somos mejores personas de lo que éramos antes –dijo él con la mirada muy seria–. Decía en serio lo que afirmé en ese despacho, Imogene. Más aún que los votos que hemos intercambiado. No lo lamentarás.

Imogene tragó saliva y asintió. No sabía qué decir, pero sí lo que sentía, tal y como descubrió cuando él se dirigió al cuarto de baño y cerró la puerta a sus espaldas. Después de unos minutos, oyó el agua de la ducha y gruñó al comprender que ya estaba desnudo y que el agua se le estaría deslizando por el cuerpo. Un cuerpo que, tal vez, había conocido en el pasado mejor aún que el suyo propio. Se dejó caer sobre la cama y se quitó los zapatos y se desabrochó la cremallera del vestido. Entonces, se volvió a poner de pie y dejó que este cayera al suelo. Se salió de su interior y lo recogió. Lo dobló cuidadosamente y lo colocó sobre una butaca.

Al hacerlo, se miró en el espejo. Vestida con un corpiño de encaje blanco y braguitas a juego, además de unas ligas de encaje y medias blancas, parecía el ejemplo perfecto de la inocente recién casada. Se tocó la parte superior de los muslos, donde la piel quedaba al descubierto, y sintió un escalofrío. Las apariencias eran una cosa, pero la realidad otra muy distinta. Todo su cuerpo había sintonizado con los sonidos que escuchaba desde el cuarto de baño y respondía a los efectos visuales que su mente le proporcionaba por voluntad propia.

De repente, el agua dejó de correr y el sonido la obligó a reaccionar. Agarró su maleta y sacó la bata que había metido allí aquella mañana, aunque parecía que había pasado ya una eternidad. La sacudió y se quedó boquiabierta al ver que una lluvia de pétalos de rosa caía de sus pliegues. La única persona que podría haber tocado sus cosas era su madre, la única persona que Imogene había querido a su lado toda la mañana. A pesar de la falta de romanticismo en su propio matrimonio y los temores que sentía por el modo en el que su hija iba a contraer matrimonio, Caroline había tratado de inyectar un poco de romance en el día de la boda de Imogene.

La puerta del cuarto de baño se abrió.

—¿Te encuentras bien? Oí que hacías ruido —dijo Valentin mientras se asomaba por la puerta con una toalla blanca alrededor de las caderas.

Todo pensamiento racional salió huyendo. Las líneas perfectas de su cuerpo podrían haber sido talladas por Miguel Ángel, aunque sabía que, si le tocaba, su tacto no sería el del frío mármol. No. Su piel sería cálida, suave y respondería muy bien a sus caricias. El instinto femenino que había en su cuerpo clamaba volver a relacionarse con él íntimamente.

—¿Son pétalos de rosa? —le preguntó él sacándola del trance de seducción que amenazaba con adueñarse de su agotada mente.

Valentin se acercó a ella. Imogene metió los brazos rápidamente en las mangas y se ajustó la bata a la cintura.

–Por mí no te des prisa –bromeó él. El brillo que tenía en los ojos mostraba la apreciación que sentía por el atuendo que ella llevaba puesto.

–Lo siento. Los recogeré. Mi madre debe de…

–No te preocupes. No pasa nada –dijo él. Extendió una mano y le agarró el antebrazo antes de que ella pudiera inclinarse–. Relájate, ¿de acuerdo? Creo que es normal que haya pétalos de rosa con unos recién casados a bordo, ¿no te parece?

Imogene sintió el calor por el brazo, un calor que la embriagaba y la turbaba. Apretó los labios antes de responder.

–Sin embargo, nosotros no somos los típicos recién casados.

–Nunca fuimos típicos –afirmó él.

Sus palabras provocaron que el rubor le tiñera de nuevo las mejillas. Se reprendió en silencio. ¿Es que siempre tenía que sonrojarse con Valentin? Nadie más tenía la capacidad de hacerle reaccionar de ese modo. Indicó la toalla que él llevaba puesta.

–¿Estás pensando dormir con eso?

–Creo que podría escandalizar un poco a la tripulación. No, tengo un pijama en mi maleta. Cuando te metas en el cuarto de baño, me cambiaré aquí, si no te importa.

Volvían de nuevo a la cortesía. Eso le parecía bien. En aquellos momentos, Imogene no sabía ni lo que hacer ni lo que decir. Lo único que sí sabía era que tenía que crear un poco de espacio entre ellos antes de que cometiera una estupidez, como apretar los labios a los oscuros pezones o lamerle aquella gotita de agua que le iba bajando por el abdomen.

—En ese caso, buenas noches —dijo secamente antes de recoger su bolsa de aseo.

—Buenas noches, Imogene —replicó Valentin.

Su voz era profunda y suave y estuvo a punto de desatarla. Solo le hacían falta unos segundos para levantar el rostro hacia el de él y reclamar un beso de buenas noches. Sin embargo, si lo hacía, sabía exactamente lo que ocurriría a continuación, y no estaba lista para ello. Mentalmente no. Al menos por el momento.

Valentin miró por la ventanilla del avión y vio el glorioso litoral que se extendía a sus pies. Aguas de color turquesa, coronadas de espumosas olas que se estrellaban contra un arrecife que parecía rodear la isla a la que se estaban acercando. Mientras el avión descendía, pudo distinguir playas de blanca arena y altas palmeras que agitaban sus ramas con la brisa del mar.

—Mira eso —le dijo a Imogene mientras señalaba hacia el exterior.

—Es muy hermoso —respondió ella inclinándose sobre él para poder ver mejor—. No se parece en nada al invierno de Nueva York que hemos dejado atrás. Supongo que, al estar en el hemisferio sur, aquí es verano, ¿no?

Valentin asintió como respuesta. Le resultaba casi imposible hablar. ¿Se había dado cuenta Imogene que había apretado uno de sus senos contra el brazo de Valentin? ¿Se había dado cuenta de lo

40

que aquella cercanía le estaba provocando? La sutil fragancia que emanaba de su cuerpo le hacía pensar en toda clase de cosas inapropiadas que preferiría estar haciendo con ella en aquellos momentos. Tan solo la cercanía estaba poniendo a prueba su habilidad para practicar la abstinencia mientras se esforzaban por conocerse mejor. Era algo sobre lo que iban a tener que hablar muy pronto. Si no, él se volvería loco.

Se movió ligeramente e Imogene se apartó inmediatamente.

–Lo siento –murmuró.

Ella se puso a juguetear con el cinturón de seguridad, tirando de la cinta para asegurarse de que estaba bien abrochado.

–No pasa nada –respondió Valentin, aunque sí que le había pasado algo. Volvió a indicar la ventana–. Parece que vamos a aterrizar.

Imogene le agarró la mano.

–¿Te importa? Siempre me pongo un poco nerviosa.

Valentin le rodeó los dedos con los suyos y se sorprendió al sentir la tensión que emanaba de ellos.

–No lo sabía…

–Bueno, nunca habíamos volado juntos antes, así que supongo que no has tenido la oportunidad de averiguarlo hasta ahora.

Las palabras sonaron como si no tuvieran importancia alguna, pero Valentin sabía que había mucho más tras ellas.

–Tienes razón –admitió–. No llegamos a conocernos mucho, ¿verdad?

Las ruedas tocaron por fin el asfalto de la pista de aterrizaje e Imogene apretó un poco más la mano. El avión fue frenando poco a poco y, lentamente, se dirigió hacia el edificio de la terminal. Una azafata se acercó a ellos con una sonrisa en su hermoso rostro.

–Vamos a desembarcar muy pronto –les informó–. Cuando hayan bajado la escalerilla, vendré a por ustedes para acompañarles a Inmigración y a Aduanas. Debería ser cuestión de minutos.

–Gracias, Jenny –dijo Valentin.

Sintió que Imogene iba desenganchando los dedos uno a uno.

–Es muy atractiva, ¿verdad? –comentó ella–. ¿La conoces bien?

Valentin se encogió de hombros, consciente de que cualquier comentario en aquellos minutos podría estallarle en la cara.

–Bueno, lo mismo que a cualquier otro tripulante de Horvath Aviation. Tengo que volar muy frecuentemente por cuestiones de trabajo y los conozco bastante bien a todos. El esposo de Jenny, Ash, es uno de nuestros pilotos. Es política de empresa que, si hay parejas entre los empleados, vuelen juntos siempre que sea posible.

Sintió que Imogene se relajaba un poco. ¿Acaso era porque sabía que Jenny estaba casada? Los celos nunca habían sido un problema entre ellos hasta el supuesto incidente con Carla. ¿Iban a serlo en su segundo matrimonio? Evidentemente, Imogene se sentía vulnerable. Había dado un enorme salto de fe volviéndose a casar con él, pero Valentin también.

En cuanto se hubieran instalado, iban a tener una conversación muy en serio sobre los límites de aquel nuevo matrimonio y lo que cada uno esperaba de él. Valentin no aceptaba el fracaso, por eso había sido un excelente estudiante, un brillante médico y un astuto hombre de negocios. El hecho de que su primer matrimonio hubiera fracasado, siempre había sido una espina en su corazón. Sabía que él no había tenido culpa, pero el hecho de no haber conseguido que Imogene se diera cuenta, le había resultado difícil de superar. Su inseguridad la había apartado de él, lo que, a su vez, significaba que Valentin le había fallado. En aquella segunda oportunidad, dependía de él asegurarse de que no volviera a sentirse así.

Poco tiempo después, bajaron por las escalerillas del avión y pisaron el ardiente asfalto del aeropuerto. Tardaron tan solo unos minutos en realizar los trámites de Aduanas e Inmigración. El ambiente era muy húmedo, pero una ligera brisa que soplaba desde el océano se les enredó en la ropa cuando salieron del edificio de la terminal. Allí, una chófer les estaba esperando con un cartel en las manos.

–*Kia orana!*–exclamó la mujer mientras les colocaba a cada uno de ellos un *lei* de aromáticas flores alrededor del cuello–. Bienvenidos a las Islas Cook. Me llamo Kimi y seré su guía y su chófer durante su estancia en la isla. Por favor, síganme.

Valentin agarró a Imogene por el codo y los dos siguieron a Kimi hasta una furgoneta. Cargaron el equipaje en la parte posterior y se marcharon a los pocos minutos. Llegaron a su destino veinte minutos después. Se trataba de una casa que estaba prácticamente sobre la arena de una playa privada.

–Todo lo que tienen aquí está a su disposición –les dijo Kimi–. Tienen su propia piscina y encontrarán todo lo que necesiten para utilizar en la playa en un cobertizo que hay entre los arbustos. Tienen una ducha exterior para que la utilicen con completa intimidad cuando regresen de la playa. Si necesitan algo más, solo tienen que levantar el teléfono y alguien se ocupará inmediatamente de ello. Yo estoy disponible para llevarles en coche adonde quieran ir. En la cocina, tienen fruta y bebidas, además de algunas cosas para el desayuno y, por supuesto, pueden utilizar cualquiera de los restaurantes del *resort* para desayunar y almorzar y ponerlo en su cuenta. Esta noche, se les traerá la cena a las siete. Podemos servírsela aquí en el patio o en la arena, si así lo prefieren, aunque esta noche se espera tormenta. Además, disponen de un coche o de motocicletas si quieren recorrer la isla en solitario. Solo tienen que recordar que hay que conducir por la izquierda y controlar la velocidad. Solo son treinta y dos kilómetros para recorrer la isla, pero pueden hacerlo a su ritmo. Adáptense al ritmo relajado de la isla.

–Gracias, Kimi. Todo esto es maravilloso –dijo Imogene con una sonrisa.

Valentin se dio cuenta de que, a pesar de la sonrisa, se sentía tensa y cansada. Evidentemente, a pesar de haber dormido en aquella cama tan grande ella sola durante el vuelo, no había logrado descansar por completo. O tal vez estaba preocupada por algo. Iban a estar allí solos durante una semana… ¿Era eso lo que le preocupaba?

Kim se despidió de ellos y se marchó.

–Bueno –dijo Imogene mientras se colocaba las manos en las caderas y miraba hacia la tranquila playa–, ya estamos aquí. Y es todo precioso.

–Como tú –replicó Valentin suavemente–. Debes tener cuidado con esa piel tan clara que tienes.

–Me he traído protector solar de sobra –comentó ella. De repente parecía nerviosa, como si se hubiera dado cuenta justo en aquel momento que sería quien se lo aplicara en las zonas a las que ella no pudiera acceder–. ¿Qué hora es?

–Las ocho pasadas –comentó él después de mirar el reloj.

–Vaya, va a ser un día muy largo…

–Puedes descansar cuando lo necesites. Nuestra luna de miel va a ser hacer básicamente lo que nos apetezca hacer. Y volver a conocernos. De hecho, hay algo de lo que debemos hablar.

Imogene se tensó y se apartó de él ligeramente.

–¿Sí? ¿Y qué es?

–El sexo –respondió él.

Imogene se sonrojó y lo miró atónita por lo directo que había sido con su comentario.

–¿El se-sexo? –repitió con voz temblorosa.

–No creo que debiéramos.

Ella abrió los ojos aún más.

–¿No?

Valentin tragó saliva. No se estaba expresando bien.

–Evidentemente, me gustaría, ya sabes… Sin embargo, la última vez, nos dejamos arrastrar demasiado rápidamente por una relación sexual y todo lo demás quedó en un segundo plano. Nos conocimos, nos casamos y nos separamos en el espacio de unos pocos meses. Creo que esta vez nos deberíamos tomar las cosas con calma. De hecho, me gustaría…

–¿Qué es lo que te gustaría?

–Me gustaría cortejarte.

–¿Cortejarme? ¿No te parece que eso es como cerrar la puerta de un establo después de que el caballo se haya escapado? Ya estamos casados.

–Eso no significa que ahora no nos podamos tomar nuestro tiempo, al menos esta semana, para conocernos –dijo él. Dio un paso al frente y le colocó las manos suavemente sobre los hombros–. Imogene, esto es muy importante para mí. Esta vez, no quiero que nada salga mal.

Capítulo Cinco

Imogene miró a Valentin muy sorprendida. En su voz, había un tono que no había escuchado antes. Siempre había sido un hombre fuerte y decidido y, sin embargo, en aquel momento, sonaba inseguro. Para ser alguien que estaba acostumbrado a hacerse cargo de todo, parecía haber pasado la pelota al campo de Imogene. ¿Se habría dado cuenta de lo nerviosa que ella estaba? Imogene nunca hubiera dicho que él era muy observador. Sus pacientes solían centrar toda su atención, como debía ser, pero Valentin parecía haber cambiado. O se había hecho más observador o ciertamente se estaba esforzando por ella. La esperanza prendió en lo más profundo de su ser, la esperanza de que, tal vez en aquella ocasión, conseguirían hacerlo funcionar.

Anunció su decisión.

–Sí, me gustaría que me cortejaras –replicó con una timidez que no había esperado sentir.

–De acuerdo. Entonces, hoy, ¿te gustaría que fuéramos primero a nadar o te apetece comer?

–Nadar me parece una idea divina.

–¿Playa o piscina?

–La playa, sin duda.

Imogene entró en la casa. Unos ventiladores giraban perezosamente en el techo. Siguió andando hasta que llegó al dormitorio principal, donde habían dejado su equipaje. Había otra habitación.

–Yo me quedaré con la otra habitación y te dejo a ti la principal –le dijo a Valentin.

Para su alivio, Valentin no protestó. Se limitó a tomar las maletas de ella para llevarlas al otro dormitorio.

–Llamaré a la puerta cuando esté listo –dijo con una sonrisa–. Será como venir a recogerte para una cita.

Ella sonrió. Valentin se lo estaba tomando muy en serio.

–Claro –respondió. Entonces, esperó a que él saliera y cerró la puerta.

Los nervios le producían un hormigueo en el vientre. Resultaba raro, pero excitante a la vez. Abrió rápidamente la maleta y sacó un pareo casi transparente y un bikini. Observó este último con algo de trepidación. ¿Resultaba demasiado sugerente? No se había puesto un bikini desde hacía tanto tiempo que incluso se había sentido incómoda en la tienda, pero la dependienta le había dicho muy efusivamente lo bien que le sentaba.

Valentin llamó a la puerta unos minutos más tarde, justo cuando ella terminaba de atarse el pareo a la cintura.

–Estoy lista –dijo Imogene algo nerviosa–. Solo necesito que me pongas un poco de crema protectora en la espalda, si no te importa.

–Por supuesto que no –respondió Valentin mientras tomaba el frasco que ella le ofrecía–. ¿Me puedes poner tú también a mí?

–Sí, claro –replicó ella. Esperaba que su temor ante la idea de tocarlo a él y que Valentin la tocara a ella no resultara demasiado evidente.

Imogene estaba pendiente de cada uno de sus

movimientos. Aunque estaba de acuerdo con lo de no tener sexo por el momento, se estaba dando cuenta de que cumplir aquel acuerdo iba a ser un desafío. Sin embargo, ella tampoco quería estropear aquel nuevo comienzo cometiendo los mismos errores que habían cometido antes.

¿Errores? ¿Acaso había sido un error amarse tan profundamente? Sin que pudiera evitarlo, su cuerpo experimentó un recuerdo que le causó un profundo placer. Aquello iba a ser mucho más difícil de lo que había esperado.

–Date la vuelta –le pidió Valentin.

Oyó que él se ponía una generosa dosis de crema en las manos y sintió el frescor de la misma cuando comenzó a extendérsela en la piel. El frío se vio rápidamente reemplazado por la calidez de la mano mientras él le frotaba firmemente hombros y espalda. Cuando llegó a la parte baja de la espalda, Imogene contuvo el aliento. Esa zona siempre le había resultado particularmente sensible y, a juzgar por el modo en el que los dedos de él se habían detenido allí, él también lo recordaba. Después de varios instantes de tensión, él le pasó el tubo por encima del hombro.

–Me toca a mí.

Imogene se dio la vuelta y aceptó el tubo, mientras le miraba tímidamente a los ojos. Se adivinaba en ellos un impulso travieso que la turbó profundamente. Valentin nunca había mostrado antes aquella faceta suya. Todo lo referente a su primera relación, desde el peligroso lugar en el que estaban y los riesgos que corrían, pasando por la importancia de su trabajo y los puntos altos de su relación, seguido por el más bajo que Imogene había experimentado en toda su vida, había resultado ciertamente agotador. No había habido tiempo ni oportunidad para la diversión o el juego. Las circunstancias en las que se encontraban en aquellos momentos eran tan diferentes, que Imogene estaba deseando disfrutar del resto de la semana, aunque también la temía al mismo tiempo. ¿Y si volvían a fracasar? ¿Y si aquella semana simplemente demostraba que lo único que tenían en común era el sexo? El sexo no proporcionaba la base suficiente para un matrimonio o una familia. Eso ya lo habían demostrado.

Imogene le indicó que se diera la vuelta y esperó que él no hubiera notado el torbellino que rebullía en su interior. En el momento en el que él le presentó la espalda, se puso un poco de loción en las manos y comenzó a extendérsela por la ancha y fuerte espalda. El contacto le produjo un hormigueo en las manos. Había pasado tanto tiempo desde que ella había tocado de aquella manera a un hombre y el hecho de que fuera precisamente él… La experiencia era mucho más intensa. Aunque pensaba que había guardado todos aquellos recuerdos bajo llave en la parte más íntima de su pensamiento, lo recordaba todo demasiado bien. Cada línea de su cuerpo, donde le gustaba que le tocara, donde tenía cosquillas… Era demasiado.

Ella le dio una palmada en el hombro.

–Ya estás. Creo que estamos preparados.

–Gracias –dijo él con voz ronca.

–¿Te encuentras bien?

–Solo un poco incómodo –admitió–. Era de esperar.

Se dio la vuelta para mirarla. Imogene bajó in-

mediatamente los ojos y vio la prueba de su incomodidad por debajo de la cinturilla del bañador.

–Ah, entiendo –dijo ella sintiendo que el deseo
inundaba también su cuerpo como respuesta.

–No pasa nada, Imogene. Solo porque te dije
que no deberíamos tener sexo mientras soluciona-
mos lo nuestro, no significa que no te desee. Tampoco significa que haya presión alguna. Considéra-
lo tan solo como una respuesta saludable y normal.

–¿Normal? –le preguntó ella. Lo miró de nuevo
brevemente antes de levantar de nuevo la mirada–.
Si tú lo dices…

Durante un momento, Valentin pareció sorprendido. Entonces, sonrió ligeramente antes de
que una carcajada surgiera desde lo más profundo
de su ser. Imogene sintió que se le formaba una
sonrisa en los labios como respuesta, pero pasó por
delante de él y salió al patio, donde agarró un par
de toallas. Entonces, se dirigió a la resplandeciente arena blanca de la playa. Aquella carcajada, el
placer de ver la alegría en su rostro, le recordó de
repente lo mucho que se habían perdido juntos y
todo lo que nunca habían tenido. Los ojos se le llenaron de inesperadas lágrimas. Dejó caer las toallas y su pareo en una de las hamacas que estaban
atadas entre las altas palmeras y se dirigió al agua.

Decidió que era tan solo el cansancio lo que
estaba provocándole aquella estúpida reacción.
Mientras observaba el agua, escuchó que Valentin
se acercaba rápidamente a ella. No tuvo tiempo
de pensar antes de que unos fuertes brazos la le-
vantaran en el aire. La inercia del movimiento de
él hacia delante los hizo zambullirse a ambos en
el agua. Imogene gritó justo antes de sumergirse,

tras sentir un breve momento de pánico que pasó cuando se dio cuenta de que el agua era cálida y transparente.

Tras tocar con facilidad el fondo arenoso, volvió a emerger, dejando que el agua le cayera por el rostro mientras observaba a su marido, que parecía estar divirtiéndose mucho.

–Parecía que necesitabas un poco de ayuda para meterte –le explicó él, con el mismo gesto pícaro que ella había visto antes en su rostro.

–Gracias –dijo ella secamente–. Supongo que a veces hay que dar un salto de fe, ¿verdad?

La expresión del rostro de Valentin se hizo más seria.

–Sí –respondió–. Como hicimos ayer. Un salto de fe es exactamente lo que necesitamos, Imogene. Fe el uno en el otro.

Con eso, Valentin se dio la vuelta y echó a nadar con fuertes brazadas hacia el arrecife. Imogene lo observó. Poderoso, decidido, más o menos como lo hacía todo en la vida. Él parecía pensar que les iba a salir bien, pero ella no estaba del todo convencida. Mientras nadaba suavemente a braza, permaneciendo más cerca de la cosa, donde se sentía cómoda, no podía dejar de pensar que el espectro de su pasado aún se erguía entre ellos como una especie de muro invisible. Hasta que fuera capaz de creer en él por completo, siempre sería así.

Durante el resto el día, estuvieron nadando, comiendo y descansando. La tormenta aún no había aparecido, por lo que cuando llegó la hora de cenar, decidieron comer en la playa, bajo la luz de las velas. El aroma del jazmín llegaba hasta ellos desde el jardín y las ramas de las palmeras susurraban constantemente con la brisa del mar.

–¿Qué te gustaría hacer mañana? –le preguntó Valentin mientras volvía a llenarle la copa de champán.

–No me importaría visitar la isla, ya sabes, para saber dónde estamos. ¿Y a ti?

–Me parece divertido. Me parece bien hacer lo que tú quieras.

–Valentin, esto no es solo lo que yo quiera.

La voz de Imogene tenía un tono de advertencia, algo que él achacó al profundo agotamiento que seguramente ella estaba sintiendo por el viaje y los nervios de la boda. Aunque hasta el momento el día había ido bastante bien, tenía que reconocer que él también se sentía cansado. Sin embargo, no le había pasado por alto que ella no deseaba que le fuera tan complaciente. Por lo tanto, eligió cuidadosamente sus palabras.

–No, claro, lo comprendo –respondió con una sonrisa–. No creas que te vas a salir siempre con la suya.

Imogene sonrió, tal y como él había estado esperando.

–Bueno, me alegro de saberlo.

Después de cenar, sacaron uno de los mapas de la isla que había sobre la mesita de café del salón de la casa y lo examinaron. Después de una breve conversación, eligieron algunos lugares de la isla en los que les gustaría parar durante el recorrido del día siguiente y marcaron otros para visitar otro día. Los dos estuvieron de acuerdo en que, probablemente, una semana no era tiempo suficiente para ver todo lo que querían, pero visitarían lo más importante. Cuando Valentin la acompañó por fin a su dormitorio, los dos iban prácticamente arrastrando los pies.

—Que duermas bien, Imogene —dijo él mientras se inclinaba sobre ella para darle un suave beso sobre la mejilla.

—Tú también.

Valentin esperó hasta que ella cerró la puerta del dormitorio y se dirigió hasta su propio dormitorio. Permaneció en el centro durante un momento, con las manos apretadas, deseando que su cuerpo soltara la tensión sexual que se había estado apoderando de él a lo largo de todo el día. Aquella jornada había sido un tormento. Había estado deseándola cada instante del día con una intensidad que bordeaba la desesperación. Ninguna otra mujer había ejercido nunca aquel efecto sobre él, y estaba seguro de que así seguiría siendo durante el resto de su vida. Tenía que volver a recuperar su confianza. Se le había concedido aquella segunda oportunidad para conseguir que la relación funcionara. Esperaba no terminar estropeándolo todo.

Aquel deseo le hizo pensar en la conversación que había tenido con Galen sobre Carla. En algún momento, tendría que decirle a Imogene que la otra mujer formaba parte de sus empleados, pero no creía que la luna de miel fuera el lugar o el momento adecuados. No. Esperaría hasta que estuvieran de vuelta a casa y hubieran empezado ya la vida normal. Cuando se sintieran más cómodos juntos.

Ese pensamiento le llevó también a considerar lo que había sido una constante entre ellos, incluso después de los siete años que habían permanecido separados. Lo que les había unido en medio de una incendiaria conflagración: la abrumadora fuerza de su atracción. ¿Era de extrañar que su relación se hubiera consumido como lo había hecho? Los sentimientos, la pasión que sentían. En cierto modo, lamentaba que, en momentos inoportunos de su jornada laboral, él empezara a pensar en Imogene o en lo que habían hecho juntos la noche anterior. Su relación había sido un rompecabezas para él y su ordenada mente desde el primer día, pero había sido incapaz de resistirse a la atracción a pesar de que la parte lógica de su mente lo empujara a tomarse las cosas más tranquilamente. No importaba que tratara de ignorarlo o camuflarlo de algún modo. La deseaba a un nivel que incluso él, con toda su educación y experiencia en la vida, no era capaz de cuantificar ni explicar. Lo único que podía hacer era aceptarlo y dejarse llevar.

A la mañana siguiente decidieron utilizar la moto para recorrer la isla. La moto le permitía tener a Imogene pegada a su cuerpo, con los brazos estrechándole la cintura. Incluso con la pegajosa humedad después de la tormenta, gozaba con la presión del cuerpo de su esposa contra el suyo.

Después de un breve trayecto, estuvieron paseando por un colorido mercado del centro de la ciudad antes de dirigirse a comer a un restaurante que había en el puerto. Estaba repleto de gente de todo el mundo, a juzgar por los acentos y los idiomas que se escuchaban, pero reinaba un ambiente de relajación contagioso.

–Menudo sitio, ¿verdad? –comentó Imogene mientras observaba a unos niños jugando en el agua.

–Cierto. ¿Te estás divirtiendo hasta ahora?

–Sí –dijo ella después de un instante–. Así es. Ha estado muy bien relajarse y desconectar. Supongo que no me había dado cuenta de lo tensa que estaba antes de la boda. He tenido mucho trabajo. Decidí volver a mis raíces como docente, pero eso me ha supuesto mucho trabajo. Más de lo que me había imaginado, para serte sincera. Cuando regresemos a casa, todo volverá a empezar cuando empiece las entrevistas para encontrar a mi sustituto o sustituta en la dirección de la empresa.

–Oí que habías remodelado tu negocio para transformarlo en franquicias.

Valentin vio cómo los ojos de Imogene se iluminaban y su rostro se animaba mientras explicaba las razones que le habían llevado a realizar los cambios y a crear una nueva estructura. Eso solo consiguió acrecentar la admiración que sentía por ella. Escuchándola hablar sobre su trabajo de aquella manera, le hacía ver otra nueva faceta de la mujer con la que se había vuelto a casar.

–Mi madre no comprende por qué quiero regresar a la enseñanza. Ella lo considera menos importante que estar a cargo de la empresa.

–La educación, en especial en sus primeros años, es vital. Si no podemos enseñar a los niños a amar el aprendizaje desde el principio, su vida será más complicada a medida que vayan creciendo.

–Exactamente. Por eso mis escuelas se centran en descubrir la mejor manera de aprender para cada niño. No todo el mundo responde de la misma manera y eso es algo que yo he echado mucho de menos desde que dejé las aulas. Además, quiero tener un mejor equilibrio entre trabajo y vida. No quiero que a mis hijos los críe una persona desconocida.

A Valentin le encantaba escucharla hablar tan animadamente. Quería saber más.

—¿Y tu familia? ¿Está contenta con los cambios? Deben de estar muy orgullosos de lo que has conseguido.

—Bueno, en realidad no les importa mucho. La atención de mi padre se centra exclusivamente en su trabajo y mi madre está muy ocupada con sus comités benéficos. Mi trabajo es algo periférico a sus intereses.

Imogene pronunció las palabras como si no tuvieran importancia, pero Valentin notó el dolor que ocultaban.

—¿No estáis muy unidos? —le preguntó.

—Estoy más unida con mi madre, pero no con mi padre. No me malinterpretes. Estoy segura de que, a su modo, él me quiere, pero nunca ha sido un padre muy cercano. Eso es algo que yo estoy decidida a ser y es una de las razones por las que he reestructurado mi empresa. Quiero estar junto a mis hijos para todo.

—En eso estamos de acuerdo al cien por cien —afirmó Valentin mientras extendía la mano por encima de la mesa para asir la de ella.

La idea de que ambos empezaran una familia juntos lo llenó de una esperanza y una excitación que no había esperado sentir.

—Me alegro de saberlo —respondió ella. Tras un instante, se soltó de él—. Tú perdiste a tu padre

57

hace bastante tiempo. ¿Tienes muchos recuerdos de él?

–Sí, y muy buenos. Siempre hizo el esfuerzo de ocuparse de Galen y de mí. Me da la impresión de que mi madre era la que impuso esa regla, porque el trabajo de mi padre podría haberlo absorbido totalmente con mucha facilidad. Sea como sea, hasta que tuvo el ataque al corazón, fue una presencia constante en nuestras vidas, aunque le costaba un poco mi incesante necesidad de aprender y de comprender el porqué de todas las cosas.

Imogene se echó a reír.

–He tenido niños así algunas veces. Efectivamente, son un desafío, pero empujan a un profesor a ser mejor.

Valentin sonrió.

–Tus alumnos tendrán mucha suerte cuando vuelvas a darles clase.

–Gracias –dijo ella–. Es una de las cosas más bonitas que me has dicho nunca.

–¿Sí? –preguntó él muy sorprendido–. En ese caso, eso es algo en lo que tengo que esforzarme un poco más. Tienes un talento muy especial, Imogene. Me alegro de que estés persiguiendo tu sueño.

Ella pareció algo avergonzada por el cumplido porque, rápidamente, volvió a centrar la atención en él.

–¿Y tú? ¿Es Horvath Pharmaceuticals tu sueño o echas de menos ejercer la medicina?

–Sí y no. Trabajar como médico de urgencias fue una experiencia gratificante la mayor parte del tiempo, pero siempre había una desconexión entre las personas que trataba y yo. A pesar de que estaba salvando vidas, yo solo era la primera ayuda en lo que, a menudo, se convertía en un viaje muy largo para mis pacientes. Al principio no me preocupaba mucho, pero, a medida que me he ido haciendo mayor, creo que he empezado a buscar algo diferente, algo más en mi vida. Cuando me paro a pensar en el trabajo que hacía en África y las cosas que más nos impedían cambiar las cosas de manera duradera, comencé a darme cuenta de dónde podría ser más significativa mi contribución. Siempre estábamos atados por la falta de suministros y de medicamentos para tratar incluso a los pacientes menos graves. Cosas que damos por sentado aquí. Fui allí para conseguir cambiar la situación, pero apenas llegué a arañar la superficie. Cuando regresé, me pareció que lo más natural era que mi empresa trabajara para conseguir que esos medicamentos tan vitales fueran más accesibles para otros, no solo en ultramar, sino aquí también. La burocracia puede resultar asfixiante a veces, pero me gusta recordarme que estoy consiguiendo mejorar la vida de las personas y sus expectativas.

La cercanía había cambiado. ¿Había sido la mención de África?

Cuanto más tiempo pasaba con Imogene, más deseaba que aquel matrimonio tuviera éxito. ¿Y ella? ¿Estaba Imogene tan comprometida para conseguir que aquella relación funcionara más allá del periodo de prueba de tres meses o simplemente estaba tachando los días del calendario? No resultaba tan fácil leerla como lo había sido antes, y eso preocupaba a Valentin más de lo que estaba dispuesto a admitir.

Capítulo Seis

Imogene estaba tumbada entre las sábanas revueltas de la cama, tratando de conciliar el sueño. Los últimos seis días habían sido increíbles, incluso divertidos. No lo que ella había estado esperando. Por supuesto, la atracción física que siempre habían compartido hervía entre ellos constantemente. Había habido un par de ocasiones en las que ella había deseado que uno de los dos hiciera algo para aliviarla. ¿Debería ser ella la que tomara la iniciativa? Se tumbó de espaldas, haciéndose una y otra vez aquella pregunta mientras miraba el techo.

Por supuesto que no. Tenían un acuerdo. Se conocerían mejor antes de dar ese paso, pero, ¿por qué su cuerpo anhelaba constantemente las caricias de Valentin? ¿Por qué deseaba que él la tomara de la mano mientras paseaban por la playa, que la besara mientras el sol se hundía gloriosamente en el horizonte, pintando el cielo de rojos y anaranjados hasta que el oscuro terciopelo de la noche lo devoraba todo? Aparte de que los momentos en los que la ayudaba con la crema solar, prácticamente no la tocaba.

Se tumbó de costado y suspiró. Aunque estaban tratando de conocerse mejor, solo se quedaban en la superficie. Era como si estuvieran tan decididos a no cruzar ninguna línea que eran casi demasiado cuidadosos, demasiado respetuosos con el espacio del otro. Se sentó en la cama llena de frustración y apartó las sábanas. Tal vez un baño en la piscina la ayudara a dormir.

Fue a buscar el bikini, pero se dio cuenta de la hora. Eran las dos de la mañana. No era muy probable que nadie la viera a aquellas horas de la madrugada. Además, se sentía tan tensa que la idea de sentir el agua deslizándosele por la piel desnuda le parecía precisamente el bálsamo que necesitaba.

Tomó el pareo y se lo colocó antes de salir del dormitorio. Aquella noche, la humedad era casi insoportable. El aire resultaba espeso y asfixiante, haciéndole sudar y pegándole el cabello al rostro. La idea de la piscina resultaba cada vez mejor.

En el exterior, oyó el chapoteo de una suave lluvia sobre el suelo. El cielo de la noche estaba oscurecido por las nubes. Se desató el pareo y se dirigió a la piscina, entreabriendo ligeramente los labios al sentir las gotas de lluvia sobre la calurosa piel. Permaneció así un momento, con el rostro levantado hacia el cielo, dejando simplemente que la lluvia le cayera encima.

El hecho de estar allí sola y desnuda en medio de la noche resultaba algo liberador. No había nada entre ella y el resto del mundo. Ni secretos ni sombras.

Recorrió la distancia que la separaba de la piscina y se zambulló en ella limpiamente. Permaneció bajo la superficie durante todo el tiempo que pudo contener la respiración. Por fin, emergió a la superficie y tomó aire. Se sintió fenomenal. El agua se deslizaba por su cuerpo, acariciándole la piel y tranquilizándole sus agitados nervios. Tal vez tendría que salir a nadar todas las noches. Se dirigió al borde de la piscina, decidida a hacer unos largos para cansarse y poder dormir. Sin embargo, la sensación del agua en el cuerpo solo sirvió para acrecentar la tensión que la mantenía despierta. Sí, la sensación era divina, pero, al mismo tiempo la turbaba y la enervaba. De hecho, en aquellos momentos, se sentía más excitada de lo que había estado tumbada en la cama pensando en Valentin.

Se esforzó un poco más, completando los largos más rápidamente. Cuando los músculos comenzaron a arderle, fue aminorando la marcha. Realizaba cada largo más lentamente hasta que, simplemente, se limitó a ponerse de espaldas y a flotar en la superficie mientras que los latidos del corazón y la respiración le volvían a la normalidad. Un hueco entre las nubes dejó al descubierto las estrellas y, por primera vez en mucho tiempo, Imogene consiguió relajarse. Vaciar la mente y escuchar los sonidos de la noche, sentir las ocasionales gotas de lluvia y disfrutar del sonido del mar.

Fue entonces cuando escuchó los pasos. Miró hacia la casa. Solo podía ser una persona. Valentin.

—¿No podías dormir? —le preguntó él mientras se agachaba junto a la piscina. Un instante después, se sentó en el borde y metió las piernas en el agua.

—No —respondió ella. Trató de hundirse todo lo posible en el agua para que su desnudez no fuera tan evidente—. ¿Tú tampoco?

—Debe de ser nuestra noche —dijo él antes de meterse por completo en el agua.

—Yo… bueno, pues te dejo que nades —replicó Imogene mientras se iba deslizando hacia el otro lado de la piscina.

–No te marches por mí. De hecho, te ruego que te quedes.

El hecho de que se lo rogara le impidió marcharse. Aunque su sentido común la urgía a poner distancia entre ellos para evitar que él pudiera darse cuenta accidentalmente de que estaba desnuda, se quedó dónde estaba. Sabía que estaba corriendo un riesgo, pero, en aquellos momentos, ese mismo riesgo le resultaba de lo más atrayente.

–Claro, pero, ¿podríamos apagar las luces de la piscina?

–¿Apagar…? Ah –comentó, indicando que había comprendido lo que ella quería decir–. Entiendo. ¿Qué te parece si yo me pongo en igualdad de condiciones?

Antes de que Imogene pudiera responder, vio que él hacía ademán de quitarse el bañador. Instantes después, la prenda salió volando por el aire y fue a caer al lado de la piscina con un golpe húmedo. La excitación se apoderó de ella. Comprendió cómo iba a terminar aquella situación. Era como ver que un tren que iba a descarrilar y saber que no se podía hacer nada para impedirlo. En su caso, ya sabían cuál iba a ser el resultado. Ya habían estado antes en aquella situación, donde la pasión había gobernado cada instante de sus vidas y les había conducido inexorablemente a la destrucción. Se dijo que no sería así en aquella ocasión, porque ya no eran esa clase de persona. Se habían pasado casi una semana entera con poco más que un casto beso de buenas noches. Habían dormido separados, aunque lo de dormir era un término relativo teniendo en cuenta la cantidad de noches que ella se había pasado dando vueltas en su cama.

¿Sería aquel el punto de inflexión en su relación?

–Encuéntrate conmigo a mitad de camino –le dijo él desde su lado de la piscina.

–¿Y luego? –le preguntó ella con voz ronca. El deseo ya se había adueñado de su cuerpo.

–Luego ya veremos lo que ocurre.

Imogene no se molestó en responder. De hecho, dudaba que pudiera pronunciar una frase coherente. La sangre le hervía en las venas mientras se dirigía hacia el centro de la piscina. Valentin ya había llegado y la estaba esperando con una expresión en el rostro que le cortaba la respiración.

A pesar de la tenue luz de la piscina, vio que él tenía las mejillas sonrojadas por el deseo y un brillo en los ojos que le decía mucho más de lo que las palabras podrían nunca transmitirle. La deseaba tanto como ella lo deseaba a él.

Sin pensarlo, se deslizó directamente entre sus brazos y le rodeó la cintura con las piernas. Sintió que, por fin, estaba en casa.

–Te he echado mucho de menos –susurró Valentin mientras la sostenía en el agua.

–No hablemos de ello. Tenemos cosas mucho mejores que hacer –murmuró ella antes de apretar los labios contra los de él en un beso que los dejó a ambos en silencio.

Imogene no fue sutil. En su beso había una carnalidad que dejó a Valentin sin aliento. Ella le había dejado muy clara su postura silenciándole como lo había hecho, pero, a pesar de que su propio cuerpo ardía y la lujuria amenazaba con nublarle el pensamiento, supo que quería mucho más que una liberación física. Sí. Ella había acudido a él por voluntad propia, sin dudarlo, pero Valentin deseaba mucho más que eso. Acababan de empezar el viaje para comprenderse perfectamente el uno al otro y él aún no había conseguido averiguar por qué ella se había apresurado tanto por creer que él había arruinado su primer matrimonio. Por qué se había negado a escuchar su versión de la historia.

Sin embargo, cuando el calor del cuerpo de Imogene lo envolvió por completo, todo pensamiento racional desapareció de su mente. No podía seguir pensando cuando tenía entre sus brazos a una mujer tan hermosa, una mujer a la que, en una ocasión, había amado con tanta fuerza que, cuando ella lo abandonó, blindó por completo sus sentimientos y se entregó en cuerpo y alma a su trabajo. Hasta que le llegaron los papeles del divorcio, nunca había comprendido cómo un ser humando podía hacerle tanto daño a otro sin causarle una herida física. Aquella experiencia le había marcado profundamente, y no había deseado volver a repetirla.

La lengua de Imogene le lamió los labios y borró todos los pensamientos de nuevo. El cuerpo de Valentin respondió y se tensó con una nueva energía que se centraba exclusivamente en las sensaciones, en lo maravilloso que era tenerla entre sus brazos, piel contra piel, con los labios de ambos fundidos en uno solo y el calor interior centrándose exclusivamente en una parte de su cuerpo que ardía de necesidad. Valentin le devolvió el beso con un fervor que indicaba los años de negación por los que había pasado, por lo mucho que la había echado de menos y el profundo deseo que sentía hacia ella en aquellos momentos.

Imogene movió su cuerpo de manera que la punta del pene rozó el centro de su feminidad. Valentin se echó a temblar y gruñó, abrazándola aún con más fuerza. Como respuesta, ella le clavó las uñas en los hombros y apretó el cuerpo más firmemente contra el de él, como si deseara que los pezones se le quedaran impresos en el torso. Valentin le deslizó una mano por la espalda hasta alcanzar la curva del trasero e incluso más abajo, para poder acariciarla más íntimamente. Imogene gimió de placer contra sus labios y echó la cabeza hacia atrás. Su largo cabello los rodeaba a ambos en el agua, acariciándolos y provocando ligeras sensaciones que los excitaban aún más.

Valentin bajó los labios hasta la suave y pálida columna del cuello, lamiéndole el pulso que latía allí y mordisqueándole suavemente el lóbulo de la oreja. Sintió que ella temblaba de la cabeza a los pies. Sin embargo, por muy delicioso que todo aquello fuera, no le resultaba suficiente. Quería tener acceso a todo su cuerpo y no podía hacerlo allí. Tiró de ella para sentarla en el borde de la piscina. Se tomó un instante para disfrutar viendo cómo el agua se deslizaba por su cuerpo, gozando al ver cómo le acariciaba los altos y firmes senos y se perdía entre los firmes músculos del estómago y los muslos.

—¿Ya te has saciado? —bromeó ella.

—Nunca —gruñó mientras la animaba a que separara las piernas.

Valentin oyó que ella contenía el aliento cuando se dio cuenta de sus intenciones. Sin embargo, no se apartó. Él le deslizó los dedos por el interior de los muslos mientras Imogene temblaba de anticipación por sentir sus siguientes movimientos. Sin embargo, Valentin se tomó su tiempo. Dejó que los dedos se fueran acercando poco a poco a su objetivo para luego volver rápidamente hacia las rodillas.

–Nunca fuiste tan tacaño conmigo –protestó ella mientras él volvía a deslizarle los dedos hacia el centro.

–Esto no es ser tacaño –le aseguró, inclinando la cabeza para besarle la cremosa piel y seguir el sendero que los dedos acababan de marcar–. Simplemente me estoy tomando mi tiempo.

Imogene tensó las piernas bajo sus caricias. Él siguió besándoselas, aspirando el aroma que era una combinación de ella y del agua salada de la piscina. Y entonces, llegó por fin al centro. Ella se inclinó hacia atrás y colocó los brazos para sujetarse al tiempo que separaba las piernas para facilitarle el acceso. A Valentin siempre le había encantado hacer esto con ella. Le encantaba su aroma, los sonidos que emitía cuando la besaba de aquella manera. Dejó que la lengua se deslizara alrededor del clítoris, que sabía que estaba muy sensible, sin tocárselo, pero acercándose cada vez más y más. El cuerpo de Imogene se tensó y comenzó a temblar. Valentín levantó la mirada y vio que ella le estaba observando. Sin romper el contacto visual, apretó los labios contra el clítoris y aplicó presión con los labios y la lengua hasta que el cuerpo de Imogene se tensó de tal manera que él pensó que se iba a romper en mil pedazos. Y así fue. El clímax la golpeó con fuerza, dejándola completamente inerme de satisfacción.

A lo largo de los últimos siete años, habían cambiado muchas cosas entre ellos, pero aquello permanecía idéntico. Valentin salió de la piscina y se inclinó hacia ella para tomarla en brazos. La estrechó contra su cuerpo y entró en la casa para dirigirse a su dormitorio. Allí, la llevó al cuarto de baño y abrió el grifo de la ducha y la dejó por fin en el suelo, para que juntos pudieran recibir el agua sobre sus cuerpos.

—¿Esperas que me pueda tener de pie después de eso? —le preguntó con un ligero tono de broma en la voz.

—Bueno, puedes apoyarte contra la pared —replicó él con una sonrisa mientras se enjabonaba las manos y comenzaba a deslizarlas por el cuerpo de Imogene.

Ella hizo lo que Valentin le había sugerido, murmurando su aprobación mientras él le deslizaba las manos por los senos. A Valentin le encantaba lo perfectamente que le encajaban en las palmas de las manos, cómo se oscurecían los rosados pezones al ponerse erectos, como si le estuvieran suplicando que los besara, los lamiera y los mordiera ligeramente. Imogene dejó escapar un gemido de placer cuando él hizo eso precisamente. Ella le colocó las manos sobre los hombros, aferrándose a él como si Valentin fuera lo único que le impedía desmoronarse sobre el suelo de la ducha. Él terminó de lavarle el cuerpo y la enjuagó por completo. Entonces, Imogene apartó las manos de los hombros y comenzó a moverlas por su torso. Valentin experimentó una increíble sensación de placer y su erección, si ello era posible, se levantó más firme y exigente. Imogene se acercó un poco más a él y atrapó la firme columna entre ellos. El calor que emanaba del cuerpo de ella sobre la sensible piel se convirtió en una delicia y en un tormento a la vez.

Imogene tomó el gel de baño y se lo vertió sobre el pecho. Con la mano que le quedaba libre, se lo fue frotando hasta hacer espuma. A continuación, volvió a dejar el gel en su sitio y centró toda su atención en acariciarle el cuerpo a Valentin. Por el torso, por el abdomen, por los hombros, los brazos, la espalda… Entonces, por fin, alcanzó el punto más sensible. Los ágiles dedos lo rodearon y le frotó suavemente la punta. Valentin dejó caer la cabeza sobre los hombros de ella y gimió mientras Imogene incrementaba la presión con los dedos y subía arriba y abajo. Al final, no pudo soportarlo más. Le agarró la mano para impedir que siguiera.

—Terminemos esto en el dormitorio —le dijo.

Agarró una toalla y la secó rápidamente antes de hacer lo mismo con su cuerpo. Entonces, le tomó la mano y la condujo a la cama de sábanas revueltas que había abandonado no hacía mucho. Había ido en busca de un alivio, pero había encontrado a su esposa.

Mientras Imogene se tumbaba en la cama, él buscó en uno de los cajones de la mesilla de noche y sacó un preservativo. Se lo colocó y, al cabo de pocos segundos, estaban tumbados juntos en la cama. Manos acariciando, piernas enredadas y bocas que se fundían hasta que no había un límite claro entre dónde terminaba él y dónde empezaba ella. Valentin se colocó encima y ella separó las piernas para que pudiera acomodarse mejor contra su cuerpo. Estaban a punto de unirse. La punta del pene se vio rodeada del calor de Imogene. Él empujó. Al principio, no encontraba el ritmo adecuado por el esfuerzo que estaba haciendo por controlarse. Sin embargo, al final se impuso la complicidad de antaño.

Sintió que el cuerpo de Imogene se tensaba a su alrededor, escuchó el grito que se le escapó de los labios cuando el segundo orgasmo se apoderó de su cuerpo. Entonces, y solo entonces, se dejó él llevar. El placer se apoderó de cada centímetro de su cuerpo y de su pensamiento. Llevaba demasiado tiempo echando de menos aquella perfección. Eso y la increíble mujer que tenía entre sus brazos.

Su mujer. Su esposa.

Capítulo Siete

Imogene iba sentada junto a Valentin en el avión mientras volaba por encima del Pacífico, alejándose de su paraíso. Haberse despertado en su cama aquella mañana le había hecho sentirse bien y mal al mismo tiempo. Su cuerpo aún vibraba con las sensaciones de lo que habían compartido. Una parte de ella había querido empezar el día repitiendo la pasión de la noche anterior, pero la lógica le había dictado que se levantara de la cama y se fuera a su dormitorio para ducharse y vestirse antes de tomar el vuelo de vuelta a casa.

Apenas habían hablado. Era como si los dos estuvieran demasiado perdidos en sus pensamientos sobre lo que habían compartido y estuvieran considerando lo que deberían hacer a continuación. Su compatibilidad física estaba demostrada. Valentin solo tenía que tocarla para que ella ardiera de pasión e Imogene sospechaba que a él le ocurría lo mismo. Sin embargo, bajo todo aquello, había un profundo sentimiento de desilusión. Los dos habían permitido que las necesidades físicas invalidaran el acuerdo de tomarse las cosas con más calma. Ciertamente habían esperado seis días antes de afrontar la tensión que flotaba entre ellos, pero no se podía decir que aquello fuera admirable. Aunque podría tratar de decirse una y otra vez que eran adultos con necesidades y que tenían todo el derecho del mundo a disfrutar del sexo si así lo deseaban, en lo más profundo de su ser sabía que estaba mal.

Aún quedaban muchas cosas sin resolver entre ellos. Muchas cosas sin decir. Aunque no tenían problema alguno para comunicarse con sus cuerpos, la habilidad para abrirse el uno al otro verbalmente seguía siendo un problema. Durante una semana completa juntos, habían hablado de temas sin importancia, dejando prácticamente sin tocar quiénes eran realmente o lo que deseaban de aquel matrimonio y de la vida en general. Se sentía furiosa consigo misma. Aquella semana había sido la oportunidad perfecta para poder descubrir si Valentin había cambiado desde que ella lo dejó en África y saber si podía volver a confiar en él. Lo único que había descubierto era que no podía confiar en sí misma cuando estaba con él. Parecía que las hormonas gobernaban su cabeza cuando estaba a su lado.

Incluso en aquellos momentos, sentada a su lado en el avión. Los asientos eran lo suficientemente amplios como para que no se tocaran y, sin embargo, ella podía sentir la huella del cuerpo de Valentin como si se estuvieran rozando. El calor que emanaba de él, su aroma, el sonido de su respiración… Todo.

Se rebulló en el asiento y miró por la ventana. No se veía nada más que nubes. Así era como su cerebro se sentía en aquellos momentos. Suspiró.

–¿Va todo bien? –le preguntó Valentin inclinándose ligeramente hacia ella.

Con el leve contacto y el aroma de su colonia, Imogene sintió que el anhelo le recorría el cuerpo.

apretó los músculos involuntariamente y se contuvo para no cerrar la distancia que los separaba.

—Estoy bien —murmuró entre dientes.

—Perdona que te lo diga, pero ni por tu actitud ni por tus palabras pareces estar bien.

Ella se volvió para mirarlo y vio el brillo del humor en sus ojos.

—No es asunto de risa —le espetó.

—No, tienes razón —comentó él inmediatamente, mucho más serio—, pero está hecho. Fuimos en contra de lo que nos habíamos marcado. Espero que no vayas a estar enfurruñada lo que queda de viaje.

—¿Enfurruñada, dices? ¿Crees que esto es estar enfurruñada? —replicó—. Estoy furiosa, si quieres saberlo.

—Gracias por comunicármelo —respondió él muy tranquilo.

Su tranquilidad solo sirvió para acicatear la irritación que ella sentía.

—Furiosa contigo —dijo.

—Lo acepto.

Imogene se desmoronó sobre el asiento.

—Y furiosa conmigo misma —añadió.

—Y ese es el problema, ¿verdad?

—Sí. ¿Qué vamos a hacer, Valentin?

Él suspiró.

—Tratar de contenernos mejor en el futuro, me imagino. Yo estoy igual de enfadado conmigo mismo que tú, pero no puedes decir que no fue una experiencia memorable. De hecho, volvería a hacerlo. ¿Sabes lo atractiva que estabas nadando desnuda? —añadió en voz baja y ronca—. El cabello se extendía a tu alrededor y las luces de la piscina iluminaban tu piel de marfil. Parecías de otro mun-

73

do, como si fueras una ninfa del agua que hubiera decidido raptarme. Verte de ese modo, me recordó detalles de nuestra vida en común. Besos, caricias... cada vez que hacíamos el amor hasta que ya casi no podíamos respirar. Y te deseé. No me avergüenzo de eso. Y te sigo deseando, Imogene.

Ella sintió que los ojos se le llenaban de lágrimas al notar la emoción que había en la voz de Valentin. Nunca antes le había hablado de aquel modo. Nunca antes había sido tan sincero sobre lo que sentía por ella.

—Sin embargo, los dos sabemos adónde nos podría llevar el deseo —añadió él—. Y eso no basta.

—No... Ni bastó entonces ni basta ahora...

—Tenemos que esforzarnos más antes de volver a permitirnos el placer de disfrutar el uno del otro. ¿De acuerdo?

Imogene asintió solemnemente.

—De acuerdo.

Aunque sabía que Valentin tenía razón, eso no impidió que Imogene se lamentara por ello. Había echado de menos el aspecto físico de una relación, un aspecto físico que, cuando se refería a Valentin, alcanzaba siempre la perfección. Había sido todo lo demás lo que la había destrozado. Eso era lo que tenía que tener en cuenta. Eso era en lo que tenía que esforzarse.

—Imogene... —dijo él.

—¿Hmm?

—Podemos conseguirlo. Quiero comprenderte mejor. Quiero que tú me comprendas a mí. Y también deseo el aspecto físico de nuestro matrimonio. Estoy dispuesto a esperar para que todo lo demás salga bien.

–Gracias –replicó ella suavemente–. Eso significa mucho para mí.

–Tú significas mucho para mí. Siempre fue así.

Valentin le había hecho mucho daño. Había esperado que ella simplemente le creyera cuando le dijo que se no se había acostado con Carla desde que se casaron la primera vez. No había comprendido lo que ella había visto, lo que le habían contado y no había hecho esfuerzo alguno al respecto. Simplemente, había esperado que ella creyera lo que le decía. Sin embargo, Imogene no podía creerle después de ver lo que había visto, cuando él parecía tener los mismos rasgos de su padre, un hombre al que su devoción a su deber le hacía más atractivo. Si a todo se añadían los atributos físicos y la adoración de las personas que les rodeaban, la mezcla era muy peligrosa. Imogene se había jurado que nunca se casaría con un hombre como su padre. La vida que su madre había elegido, siendo simplemente la esposa florero mientras él se dejaba llevar por múltiples relaciones, no era para ella.

¿Era demasiado esperar devoción por parte de su pareja, estar casada con un hombre que considerara la fidelidad un elemento necesario para un matrimonio de éxito? No. Para ella no. Hasta que pudiera estar segura de que Valentin era capaz de eso, tenía que asegurarse de que se mantendría en guardia. Había accedido a darle a su matrimonio una segunda oportunidad con la esperanza de que, algún día, pudiera tener los hijos que tanto anhelaba. Sin embargo, no iba a permitir que, por conseguirlo, Valentin Horvath le destrozara el corazón.

Tenía que estar segura.

Cuando aterrizaron en Nueva York, los dos estaban destrozados. La escala en Los Ángeles parecía haber durado una eternidad, pero, al menos, habían podido dormir mientras estaban en el aire. Valentin le dio las gracias al chófer que los dejó en la puerta del edificio de la Quinta Avenida en el que se encontraba su apartamento. Unos copos ligeros volaban a su alrededor y, al otro lado de la acera, Central Park estaba cubierto totalmente de nieve y hielo. Aquel clima invernal estaba a años luz del cálido y húmedo ambiente de Rarotonga.

–Yo me ocuparé de las maletas, Anton. Vete ya a casa con tu esposa y tus hijas –le dijo al chófer mientras este sacaba el equipaje del maletero de la limusina.

–No me importa, Señor Horvath.

–Te lo digo en serio. Ya son más de las ocho y sé lo mucho que te gusta leerles cuentos a tus hijas.

–En ese caso, muchas gracias, señor. ¿Vengo a recogerle mañana a las siete para ir a trabajar?

–Que sea un poco más tarde mañana. Tal vez a las ocho.

–Lo que usted diga –contestó Anton con una sonrisa–. Que pasen buena noche, señor. Señora…

Imogene le dedicó a Anton una sonrisa distraída y agarró el asa de su maleta cuando el coche se apartó del bordillo.

–¿Cómo se me ha podido olvidar el frío que hace aquí? –gruñó.

–No es Rarotonga, eso seguro. Venga, deja que te lleve la maleta –le ofreció Valentin.

–Gracias –replicó ella mientras miraba hacia lo más alto del edificio–. No tenía ni idea de que vivías en el Upper East Side. ¿Llevas aquí mucho tiempo?

–Desde que regresé de África. Me encantan las vistas al parque.

–Estoy segura de que son maravillosas.

–Sí, aunque tendremos que esperar que el día esté menos nublado para que puedas apreciarlas mejor. Subamos.

Después de saludar con un movimiento de cabeza al portero y al conserje, los dos se montaron en el ascensor y subieron hasta la última planta.

–El ático, nada menos –comentó ella.

Valentin se preguntó si ella se estaba lamentando de haber subarrendado su apartamento en Brooklyn. Tal vez ella deseaba mantener casas separadas mientras los dos conseguían establecer una relación más duradera.

–Lo vi y no me pude resistir –respondió él mientras comenzaba a tirar de las maletas sobre el suelo de madera del vestíbulo.

–Espera un momento… ¿Esto ya es tu casa? ¿No hay pasillo ni entrada separada?

Valentin se echó a reír. Le indicó de nuevo la puerta del ascensor.

–¿No te parece suficiente puerta de entrada?

–Oh, es… –comentó mientras miraba a su alrededor–. Esto es enorme. ¿Tienes toda la planta para ti?

Valentin se encogió de hombros.

–¿Debería disculparme por ello?

–No, no. Es que me sorprende.

–¿Qué te sorprende?

–En África te gustaba todo lo minimalista y, verdaderamente, esto no es un apartamento de soltero –afirmó–. Es una casa de verdad.

–¿Y es un problema?

–No, por supuesto que no, pero es muy diferente a lo que habíamos tenido antes. No sé lo que esperaba, pero jamás me imaginé que vivirías en un lugar como este –comentó mientras recorría el vestíbulo y entraba en la biblioteca para asomarse inmediatamente por las ventanas que daban al parque–. Vaya… esto es precioso. Es como volver a los años treinta.

Valentin se acercó a ella tras dejar las maletas en el vestíbulo.

–Casi. Mitad de los años veinte, para ser preciso. Tuve que elegir entre renovarlo por completo o preservar la personalidad especial de este apartamento. Había pertenecido a la misma familia durante años antes de que yo lo comprara y me pareció una pena borrar toda esa historia y reemplazarla con algo con menos alma. Con menos corazón.

Ella lo miró sorprendida.

–¿Qué? –preguntó Valentin–. ¿Acaso no crees que yo tenga corazón?

Imogene se ruborizó y comenzó a desabrocharse los botones del abrigo para disimular.

–No es eso. Es que, de vez en cuando, me doy cuenta de las muchas cosas que desconozco de ti.

Él extendió la mano y se la colocó sobre el brazo.

–De eso se trata ahora, Imogene. De redescubrirnos, y podremos hacerlo. Día a día, ¿de acuerdo?

Ella colocó una mano sobre la de Valentin y la apretó. Era la primera vez que ella lo tocaba voluntariamente desde la noche anterior. ¿O hacía ya dos noches? Habían estado viajando tanto tiempo que estaba confuso ya del tiempo transcurrido.

—Te mostraré tu dormitorio para que te refresques un poco y luego te mostraré el resto del apartamento, ¿te parece?

—Me parece muy buena idea.

Imogene le soltó y Valentin lamentó la pérdida inmediatamente. Deseó que, simplemente, pudiera tomarle la mano como una pareja normal y llevarla al dormitorio de ambos, no al de ella. Cerró los ojos un instante y suspiró. Todo a su tiempo.

Salieron de nuevo al vestíbulo y, tras recoger las maletas, Valentin condujo a Imogene por el pasillo hasta la más grande de las habitaciones de invitados.

—Esta es tu habitación. El cuarto de baño está por esa puerta. Conecta con el otro dormitorio, pero no hay nadie. Mi habitación está al otro lado del pasillo y la de Dion al otro lado del apartamento.

—¿Dion?

—Mi mayordomo o empleado del hogar, pero no permitas oiga que le llamo así. Él prefiere que le llame asistente general. Se toma su papel muy en serio. Su familia sirvió a los anteriores dueños del apartamento. También es un estupendo cocinero, por lo que decidí que no podía prescindir de él después de que me alimentó la primera semana que viví aquí.

—¿Dónde está ahora?

—Le dije que se fuera a visitar a su hija mientras estábamos de luna de miel. Ella vive en Vermont. Dion regresará mañana.

—¿Y su esposa?

—Es viudo —respondió Valentin mientras dejaba la

maleta a un lado de la habitación–. Cuanto estés lista, ve a buscarme por el pasillo hasta la habitación principal para que te pueda enseñar el resto de la casa.

–Está bien. Así lo haré.

Valentin se dio la vuelta para marcharse, pero dudó un instante antes de girarse de nuevo.

–Esta vez lo vamos a conseguir.

Imogene entrelazó la mirada con la de él y así estuvieron varios segundos. Ella estaba a punto de decir algo cuando el teléfono móvil de Valentin sonó. Lo sacó del bolsillo y miró la pantalla.

–Es Galen. Debería contestar…

–Por favor, hazlo.

Valentin se marchó por el pasillo y contestó mientras entraba en su dormitorio.

–Galen, justo a tiempo. Acabamos de llegar.

Las palabras de su hermano lo dejaron atónito.

–Nick y Sarah han muerto.

El compañero de universidad de Galen y su esposa habían sido fundamentales para ayudar a Galen a construir el *resort* de Port Ludlow y a convertirlo en el exitoso negocio que era en aquellos momentos. Eran sus mejores amigos y junto con Ellie, la hija de nueve años, habían pasado mucho tiempo con los Horvath a lo largo de los años, tanto que eran casi como miembros de la familia.

Valentin escuchó cómo Galen le explicaba el accidente que les había arrebatado la vida a sus amigos. Sintió la pena de su hermano en cada una de las sílabas.

–¿Y Ellie?

–Está destrozada, pobrecilla. He conseguido que se quede conmigo. Por suerte, su clase estaba de excursión, gracias a Dios. Si no, tal vez…

A Gale se le quebró la voz.

—¿Y qué va a pasar con ella? No tenían muchos parientes, ¿verdad?

—No. En realidad, solo nosotros. Hace años, Nick me preguntó si yo accedería a ser el tutor de Ellie si algo como esto les ocurría a ellos y yo, por supuesto, dije que sí. Jamás pensé…

—No estás solo, Galen. Ni Ellie tampoco. Todos ayudaremos en lo que podamos. De hecho, iré mañana mismo.

—No, no es necesario. Acabas de regresar de la luna de miel y aunque no fuera así no te lo pediría. No se puede hacer nada.

—En ese caso, iremos los dos al entierro.

—Gracias. Te estaría muy agradecido. Y Ellie también. Ya sabes lo mucho que te quiere.

—Yo también la quiero mucho a ella —dijo Valentin con tristeza. Pobre chica. Sola. No, no estaba sola. Tenía a Galen y al resto de la familia para ayudarla a superar aquel terrible momento—. Te llamo mañana, ¿te parece?

—Sí, gracias. Entonces, sabré algo más. Por la mañana, tengo reuniones con los abogados sobre el tema de la tutela y sobre la herencia de Nick y Sarah.

—No va a ser fácil, pero lo superarás. Y recuerda que estoy aquí si me necesitas. Para lo que sea, ¿de acuerdo?

Colgó el teléfono y se sentó en la cama. Aquella triste noticia demostraba lo mucho que la vida puede cambiar en un segundo.

—Valentin, ¿malas noticias?

Él levantó la mirada y vio a Imogene junto al umbral de la puerta. Le indicó que entrara en el dormitorio y le explicó lo que había ocurrido. Inmediatamente, la compasión se reflejó en sus rasgos.

—Pobre chica y pobre Galen. ¿Está bien?

—Supongo, pero no creo que contara nunca con convertirse en padre al instante.

—Eso hace que nuestros problemas palidezcan en comparación, ¿no te parece?

—Es verdad. Iremos al entierro. Cuando sepa la fecha, te lo diré.

—Por supuesto —dijo ella—. Mira, veo que estás muy afectado. ¿Quieres que te traiga algo? ¿Te apetece tal vez que te prepare un chocolate caliente?

Valentin levantó la mirada y asintió.

—Sí, me gustaría.

—En ese caso, es mejor que me enseñes dónde está la cocina —replicó ella con una dulce sonrisa.

Imogene extendió la mano y él se la agarró con firmeza y le permitió que le ayudara a incorporarse. Entonces, Valentin se hizo una promesa en silencio. Pasara lo que pasara, conseguiría que su relación saliera adelante. No quería pasarse la vida arrepintiéndose o mirar atrás y desear haber hecho las cosas de un modo diferente o mejor. Con aquel matrimonio a medida, su abuela les había dado una segunda oportunidad en el amor. Dependía de él asegurarse que no la estropeaba.

Capítulo Ocho

Resultaba difícil creer que ya llevaban un mes casados. Aquella semana en Rarotonga, aquella mágica noche y todos sus recuerdos, habían pasado a un segundo plano, empujada por el duro invierno en Nueva York y el hecho de que los dos se hubieran reincorporado a sus trabajos. Sin embargo, Imogene quería que aquella noche fuera especial y le había pedido a Dion que la ayudara a hacer una deliciosa cena. Dion había estado encantado de ayudarla.

Imogene deseó que hubiera sido verano o incluso primavera para que hubieran podido cenar en la terraza. En aquellos momentos, estaba cubierta de nieve y seguía haciendo mucho frío, por lo que se tendrían que conformar con el comedor. O tal vez con un pícnic delante de la chimenea de la biblioteca. Se mordió los labios para considerar sus opciones. ¿Solomillo Wellington servido en un plato sobre el suelo? Probablemente no era el mejor plan.

A pesar de que habían acordado conocerse mejor, los dos se habían sumergido en las exigencias de sus trabajos desde el primer día. Los fines de semana también habían estado muy ocupados. El primer fin de semana habían tenido que volar a Seattle para asistir al entierro de los mejores amigos de Galen. Había sido una experiencia terrible

83

y muy triste, pero el modo en el que Galen había apoyado a Ellie y, a su vez, todos los Horvath a ellos dos, había sido un bálsamo para el espíritu.

No había duda de que Galen adoraba a aquella niña como si fuera hija suya y que estaba haciendo todo lo que estaba en su poder para que ella lo supiera. Imogene también había podido comprobar que Valentin se mostraba igual de protector con la pequeña. Le había mostrado una nueva faceta de su personalidad que sugería lo que podría ser como padre.

Miró el calendario que había sobre la pared. Solo faltaban dos meses para que tuvieran que tomar una decisión sobre si seguía adelante con el matrimonio o no. Aunque no había visto prueba alguna que apoyara sus temores de que Valentin podría compartir la misma actitud que su padre hacia el matrimonio, seguía teniendo la sensación de que él le estaba ocultando algo. Se habían pasado las últimas semanas compartiendo sus veladas, debatiendo temas políticos, charlando sobre su trabajo y sobre muchas otras cosas, pero ella seguía sintiendo que le faltaba algo. Sabía más detalles sobre la infancia de Valentin, que había sido un desafío para todos los implicados dado la inteligencia que él tenía y su imperiosa necesidad de aprender. Incluso de adulto se pasaba gran parte de su tiempo libre leyendo libros o ensayos científicos. Esa necesidad de saber que él tenía la fascinaba y la divertía. Parecía que, para Valentin, todo era cuantificable y, ella suponía que, en su mundo, probablemente lo era. Sonrió al pensar cómo le iría en una de sus escuelas durante una semana. Con grupos de niños de edades variadas y en diferentes etapas de desarrollo, se podía afirmar sin posibilidad de error que no había dos días iguales.

Ella suspiró. Lo echaba de menos. El color y el ruido de las clases. Las ansiosas mentes libres de convencionalismos y presiones sociales. El hecho de que jamás hubiera dos días iguales. Se moría de ganas por volver a estar en aquel ambiente. El mes siguiente llegaría por fin su sustituta para el puesto de directora de la empresa. Tan solo unos meses atrás había sido exclusivamente una posibilidad y, por fin, estaba ocurriendo. El cambio era constante si se fijaba en su propia situación. Entonces, por esa regla, resultaba lógico asumir que, si Valentin la había engañado siete años atrás, era también capaz de haber cambiado. Tenía que aprender a dejar el pasado atrás y a entregarse a aquel nuevo comienzo con esperanza.

El timbre del horno sonó y la distrajo de la dirección que habían tomado sus pensamientos. Estaba a punto de comprobar el solomillo Wellington cuando su teléfono empezó a sonar. Era Valentin. No pudo evitar sentir el aleteo de excitación que la asaltaba cada vez que escuchaba el timbre de su voz.

—Imogene, ¿cómo estás?

—Deseando verte —respondió ella. Decidió agarrar el toro por los cuerpos y seguir negando el hecho de que le gustaba que su marido la llamara por teléfono—. Tengo algo especial planeado para cuando llegues a casa.

Se produjo una larga pausa durante la cual él pareció estar digiriendo aquellas palabras. Imogene sintió que el alma se le caía a los pies.

—Oh, Genie —se lamentó—. Lo siento mucho, pero me ha surgido un tema de trabajo que requiere mi atención ahora mismo. No llegaré a casa hasta más tarde. Por eso te he llamado.

Imogene se dio cuenta de que, por primera vez desde que ella le abandonó hacía siete años, Valentin había utilizado el apodo cariñoso que solo él utilizaba. El hecho de que lo hubiera pronunciado con tanta naturalidad fue un bálsamo para ella. Parecía recordar que, aunque aún se estuvieran andando con mucho cuidado el uno con el otro, parecía estar creciendo en ellos la confianza. Trató de contener su desilusión y se centró en él. Parecía cansado y frustrado. Decidió que deseaba apartar el sentimiento de culpabilidad que se había reflejado en cada una de sus palabras.

—No te preocupes, Valentin. Estaré aquí cuando llegues a casa. Ya tendremos otra ocasión de hacer algo especial.

—Lo siento mucho —insistió él—. Si pudiera librarme, lo haría. Estamos a punto de cerrar este trato, pero ha habido un problema con el presupuesto que requiere atención inmediata.

—No pasa nada. Lo comprendo. Estas cosas ocurren. Te ruego que no te preocupes.

—Me siento mal. Desde que regresamos no he hecho más que trabajar. Ese no era mi plan.

Imogene tenía que admitir que se sentía un poco como si él hubiera vuelto de nuevo a los papeles de antaño: él trabajando a todas horas mientras que ella le esperaba en casa. Sin embargo, en esta ocasión, ella también había estado muy ocupada e incluso había habido días en los que él había llegado antes a casa que Imogene.

—De verdad que no te preocupes. Puede esperar.

—Te prometo que te compensaré.

—Pues lo estoy deseando —dijo ella con una sonrisa.

Se despidieron y ella se centró de nuevo en los preparativos para que aquella noche, a pesar de todo, fuera especial. Se sentía desilusionada, pero, al menos, había madurado lo suficiente como para no hacérselo pagar, tal y como hubiera hecho antes. Seguía sumida en sus pensamientos cuando Dion entró en la cocina.

—¿Era el señor Horvath?

—Sí. Parece que esta noche tiene que trabajar hasta más tarde.

—Es una pena. ¿Quiere que termine yo aquí y lo recoja todo?

Imogene lo pensó durante un momento y luego negó con la cabeza.

—No. Quiero que me ayude a encontrar la manera de poder llevarle todo esto. Si la montaña no viene a Mahoma, Mahoma tendrá que ir a la montaña.

Dion sonrió.

—Me parece la solución perfecta, señora. Tengo todo lo que necesita. Usted vaya a prepararse y déjeme el resto a mí. Le ordenaré al chófer que la espere dentro de media hora.

—Excelente, muchas gracias, Dion. Le agradezco mucho su ayuda.

—Para eso estoy aquí, señora —replicó el mayordomo.

Imogene se marchó corriendo a su dormitorio. De repente aquella noche volvía a ponerse interesante.

***

Desde el momento en el que Valentín terminó la llamada a Imogene, no había podido concentrarse. Las hojas de cálculo que tenía en el ordenador se habían vuelto borrosas y en lo único en lo que podía concentrarse era en la desilusión que se había reflejado en la voz de Imogene y que ella se había apresurado a ocultar. Miró la fecha en la parte inferior del ordenador y lo comprendió todo. Había sido un idiota. ¿Cómo se le podía haber pasado que hacía un mes de su boda?

La culpabilidad se apoderó de él. Su obsesión con el trabajo había sido el causante de gran parte del descontento de su primer matrimonio. Sus largas horas de trabajo habían ocasionado más de una discusión, aunque habían hecho siempre las paces haciendo apasionadamente el amor. Sin embargo, las promesas de esforzarse un poco más no habían conseguido salvar el matrimonio ni lo salvarían en aquella segunda oportunidad si él no mejoraba.

Se sentía destrozado. Su instinto le decía que debía levantarse del escritorio y marcharse inmediatamente a su casa con su esposa. La lógica le decía que un repaso más de las hojas de cálculo le permitiría ver exactamente dónde estaba el problema. No era propio de Carla cometer errores en los presupuestos, pero el que había podría dar al traste todo el acuerdo.

Un sonido en la puerta le hizo levantar la cabeza. Como si la hubiera conjurado con su imaginación, allí estaba su esposa. Llevaba su abrigo de cachemir abotonado hasta el cuello y un par de zapatos de tacón alto que hacían destacar los delgados tobillos y las delicadas pantorrillas. Llevaba el cabello recogido, lo que le daba un aspecto muy femenino y, al mismo tiempo, dejaba al descubierto la deliciosa curva del cuello. Un par de pendientes de diamantes le relucían en los lóbulos de las orejas. Valentin sintió que el deseo despertaba en él, pero, tal y como era su costumbre desde que habían regresado de la luna de miel, lo aplacó tan rápidamente como surgió.

–Imogene –dijo mientras se levantaba de su silla e iba a su encuentro–. Menuda sorpresa.

–Buena, espero –replicó ella mientras sujetaba la puerta con un pie y hacía entrar un pequeño carrito por la puerta.

Un delicioso aroma se esparció por el despacho.

–¿Me has traído la cena?

–Feliz aniversario de boda –respondió ella con una sonrisa de satisfacción–. ¿Dónde quieres que ponga esto?

Como él estaba demasiado atónito como para responder, ella procedió como si su respuesta no fuera necesaria.

–De acuerdo, ¿qué te parece junto a la ventana? Dion me ha asegurado que esto se convierte en una pequeña mesa, así que si tal vez pudieras acercar un par de sillas…

Imogene le indicó las dos butacas que había al otro lado del escritorio y Valentin se apresuró a cumplir sus órdenes. Mientras lo hacía, Imogene se desabrochó los botones del abrigo y se lo quitó. Cualquier intento de Valentin por controlar su libido fue en vano cuando ella dejó al descubierto un vestido muy ceñido que terminaba justo por encima de las rodillas. Era de manga larga y daba la impresión de ser muy recatado. El cuello de barco se extendía modestamente por las clavículas y el profundo color morado hacía que su piel reluciera. Sin embargo, cuando se dio la vuelta para extender las alas del carrito y poner el freno, dejó al descubierto la espalda, que iba al descubierto desde la nuca hasta justo por debajo de la cintura. Valentin sintió que la boca se le secaba y apretó con fuerza el respaldo de la silla que llevaba en las manos. ¿Y el resto de su cuerpo? Quedó consumido por las llamas.

Imogene siguió poniendo la mesa. Sacudió un impecable mantel blanco y lo colocó sobre la improvisada mesita. Entonces, de la parte inferior del carrito, sacó varios platos y cubiertos y los colocó sobre la mesa. Incluso tenía un pequeño jarrón con flores para colocarlo en el centro. Mientras realizaba la operación, permaneció ajena al tormento por el que le estaba haciendo pasar a él.

¿Y si no era así? Llevaban ya un mes casados. Habían estado «saliendo» cuando el tiempo se lo permitía. Habían cumplido todas las reglas que ellos mismos se habían impuesto. ¿Era demasiado desear que ellos, o más bien Imogene, estuviera lista para pasar al siguiente nivel?

–Iba a traer velas también –dijo ella mientras colocaba los cubiertos junto a los platos–, pero no estaba segura de qué reglamentación había en este edificio sobre los objetos con llama.

Valentin estaba sin palabras. Imogene se había tomado todas aquellas molestias por él. No, por ellos, lo que hacía que fuera mucho más especial. Llevó la segunda silla a la mesa y, en el momento en el que las manos le quedaron libres, la tomó entre sus brazos.

–Eres una mujer increíble. Gracias.

–Si hay algo que he aprendido en los últimos siete años es que, si quiero algo, tengo que conseguirlo yo misma. No puedo quedarme sentada esperando que las cosas ocurran o esperar que otras personas las hagan en mi nombre.

Valentin la miró a los ojos, que eran increíblemente verdes aquella noche y sintió que volvía a enamorarse de ella. Comprendió que había sido un idiota al dejarla escapar antes y decidió que no iba a volver a ocurrir nunca más.

–¿Cenamos? –le preguntó Imogene interrumpiendo así la intención de Valentin de demostrarle exactamente lo que estaba sintiendo.

–Claro –respondió. La soltó y se volvió a la mesa–. ¿Has hecho todo esto tú sola?

–Dion me ayudó un poco, pero principalmente me supervisó. Parece que, bajo ese exterior tan distante, es un verdadero romántico.

Valentin sospechaba que la reacción del mayordomo tenía más que ver con la naturaleza de la hermosa mujer que estaba delante de él que con la faceta romántica de Dion.

Le sujetó la silla para que se sentara, inclinándose ligeramente hacia ella mientras se sentaba. Notó un aroma limpio y fresco, con un toque picante que le hacía recordar las más escondidas profundidades de la que era su esposa. Agarró con fuerza el respaldo de la silla. Si ellos fueran una pareja normal, Valentin le habría dado un beso en la nuca en aquel mismo instante. Sin embargo, se recordó que no eran como otras parejas, sino que estaban esforzándose para regresar al punto donde deberían estar y liberarse de un pasado lleno de sospechas y equivocaciones. Aquella primera vez, los dos habían sido muy inmaduros sobre las relaciones. Habían obedecido las exigencias de sus cuerpos por encima del pensamiento racional. No era de extrañar que hubieran salido trasquilados. Sin embargo, aquella noche era un símbolo de lo que estaban construyendo juntos, algo con fuertes cimientos y, sobre todo, esperanza.

Antes de que empezaran a comer, Valentin ajustó la luz del despacho. Bajó en intensidad las del techo y dejó encendida tan solo una que había en un rincón. Aquel gesto incrementó la sensación de intimidad de un modo que él no hubiera creído posible en un despacho. Sentía que el deseo hacia su esposa se acrecentaba más y más.

—Jamás supe que tuvieras este talento oculto para la cocina —comentó él—. Enhorabuena al chef.

—Gracias —respondió ella aceptando el cumplido con una inclinación de la cabeza—. Me sorprendí incluso a mí misma.

—Venga ya —protestó él mientras dejaba la copa sobre la mesa. Entonces, vio que un mechón se le había escapado a Imogene del recogido y estaba enmarcando su hermoso rostro. Extendió la mano y se lo enroscó suavemente en el dedo índice—. No me digas que no se te da bien todo lo que te propongas. Estoy seguro de ello. En ese aspecto, te pareces mucho a mí. Ninguno de los dos acepta el fracaso.

Soltó el delicado mechón y sintió que ella se echaba a temblar cuando este le rozó la sensible piel del cuello.

Valentin volvió a tomar su copa y dio un generoso sorbo. Cualquier cosa con tal de no volver a tocarla y terminar rompiendo el embrujo que parecía estar envolviéndolos al abrigo de aquel despacho. Aquella noche, parecía que resto del mundo había dejado de existir y solo quedaran ellos. Deseaba tanto poder tocarla... Tocarla como se merecía...

–Valentin –dijo ella de repente con voz ronca.

–¿Sí?

Él levantó la mirada y vio el deseo reflejado en los ojos de Imogene. Este se apoderó también de él.

–Por favor, dime que estás pensando lo mismo que yo...

–Bueno, eso depende –replicó ella con gesto de pícara en el rostro–. Tal vez deberías decirme tú primero lo que estás pensando.

–Siempre he preferido actuar en vez de hablar.

–Entonces, demuéstramelo.

Capítulo Nueve

Valentin no necesitó que se lo dijera dos veces. Se levantó de la silla y tomó entre sus brazos a Imogene. Los tacones de los zapatos que llevaba casi la ponían a la altura de él. Imogene le rodeó el cuello con los brazos y separó ligeramente los labios.

–No he traído postre –susurró–. En realidad, esperaba que…

–¿Esto?

Valentin la besó apasionadamente. No había finura alguna en aquel beso. Fue duro, apasionado y húmedo, todo lo que esperaban ambos, lo que necesitaban. Imogene se lo devolvía de la misma manera, demostrándole que ella también lo deseaba así. Valentin podía saborear el vino en sus labios, en su lengua… El sabor se mezclaba con el que era esencial a ella. Valentin lo reconocía a un nivel instintivo, casi sin darse cuenta. Imogene por fin estaba allí, entre sus brazos, contra su cuerpo. La pasión los envolvía a ambos de manera que tan solo existían el uno para el otro.

Él le extendió las palmas de las manos sobre la espalda desnuda. Imogene tenía la piel ardiendo, casi como si tuviera fiebre. Valentin sentía que él sí la tenía: fiebre por ella. Bajó una mano lentamente, hasta colocársela encima de la curva del trasero. Entonces, la deslizó por debajo de la tela del vestido. Su erección se endureció dolorosamente al sentir exclusivamente su piel. Imogene había permanecido allí sentada, frente a él, con aquel vestido aparentemente recatado, cenando y tomando vino, sin llevar ropa interior. Tal vez era mejor que él no lo hubiera sabido porque, si no, tal vez no hubiera sido capaz de responder de sus actos. Sin embargo, eso era precisamente lo que pensaba hacer en aquel momento.

Flexionó lo dedos sobre la piel desnuda y la apretó con fuerza contra su potente erección. Imogene suspiró contra sus labios y le mesó el cabello con las manos, arañándole ligeramente el cuero cabelludo con las uñas.

–Sí –murmuró suavemente–. Hazlo otra vez…

Ella apretó las caderas contra él cuando Valentin repitió el gesto y gimió suavemente antes de besarlo con una necesidad que expresaba claramente lo mucho que lo deseaba en aquellos momentos. Le deslizó la lengua entre los labios. Los dedos le tiraban casi dolorosamente del cabello por el afán que tenía de pegarlo a ella y besar desesperadamente sus labios.

–El sofá… –consiguió decir él.

Valentin prácticamente se cayó sobre los cojines. Entonces, atónito, vio cómo Imogene separaba las piernas y se sentaba a horcajadas encima de su regazo. Ella comenzó a tirarle del cinturón y no tardó en desabrocharle la bragueta para luego introducir las manos y liberarlo. Valentin gruñó de placer cuando ella le asió con fuerza y comenzó a acariciarlo desde la base a la punta.

–¿Has estado ocultándome esto durante toda la cena? –le preguntó ella con una picardía en la voz que le hizo desearla aún más.

–Hmm…

No pudo decir nada más porque ella eligió precisamente aquel instante para apretarle un poco más. Las sensaciones se apoderaron de él, obligándole a echar la cabeza hacia atrás y gemir de placer. Imogene se inclinó hacia él y lo besó, más dulcemente en aquella ocasión.

–He echado esto de menos –le dijo suavemente contra los labios–. Te he echado de menos a ti…

Valentin sintió que ella se movía y abrió los ojos justo a tiempo para ver cómo se levantaba el vestido por las caderas y dejaba al descubierto su sexo, con el vello pelirrojo delicadamente recortado justo por encima. Entonces, se sacó del todo el vestido por la cabeza y dejó que cayera al suelo. Valentin ansiaba tocarla, cubrir aquellos hermosos senos y apretar los pezones entre las yemas de los dedos, pero siguió observándola mientras ella se colocaba encima de él y se erguía. Pudo sentir el calor que emanaba de su cuerpo mientras Imogene se detenía justo encima del pene. Si no hacía algo pronto, Valentin se vería obligado a tomar el control, a obligarla a bajar hasta que se hubiera hundido tan profundamente en ella que no pudieran volver a separarlos nunca más. Ansiaba enterrar el rostro entre los senos y dedicarles la atención que se merecían. Se lamió los labios de anticipación.

–No, no –le advirtió ella–. Sé lo que estás pensando. Estás a punto de ponerte todo macho conmigo, ¿verdad?

–En estos momentos, estoy negociando con mi autocontrol –admitió.

–Bueno, en ese caso, tendrás que ser paciente. Se me ha olvidado una cosa muy importante.

Con mucha elegancia, Imogene se levantó y se dirigió, completamente desnuda y con los zapatos puestos, hacia el lugar donde tenía el bolso. Valentin se maldijo por haber sido tan idiota en cuanto la vio sacar un preservativo. ¿Cómo se le podía haber olvidado?

Le colocó rápidamente el preservativo, aunque el contacto con los dedos le supuso a él un verdadero tormento.

–Ahora, por si crees que tienes que hacerte con el control, creo que haremos esto –murmuró mientras le agarraba las manos y se las inmovilizaba contra el respaldo del sofá–. Tal vez aquí seas el gran jefe, pero, en estos momentos, la que manda soy yo.

Y con eso, lo acogió en el interior de su cuerpo. Los músculos internos se tensaron casi insoportablemente en torno a él.

–Oh…

Fue lo único que dijo antes de empezar a moverse, inclinando y haciendo girar las caderas, levantándose y volviendo a caer sobre él hasta que en lo único que pudo pensar Valentin fue en el placer que estaba experimentando. Aunque no le parecía humanamente posible, su erección se hizo aún más firme. Por mucho que trataba de controlarse no podía permanecer inmóvil. Comenzó a mover las caderas y a levantarlas cada vez que ella se dejaba caer o se inclinaba hacia él. Observó cómo ella se movía, vio el momento en el que el clímax le quitó el aliento y la obligó a cerrar los ojos para cabalgar sobre los profundos temblores que le producía el placer por todo el cuerpo. Entonces, Valentin ya no pudo ver más. Se vio atrapado por su propio orgasmo. Su cuerpo se tensó al mismo tiempo que el de ella y sintió que la satisfacción emanaba de él y se extendía por el resto de las extremidades.

Imogene se desmoronó sobre él. Tenía la respiración entrecortada, el corazón acelerado y la espalda cubierta de sudor. Sintió que el corazón de él latía de la misma manera y se le ocurrió que, mientras ella estaba completamente desnuda, él seguía esencialmente vestido. Aquel pensamiento le hizo soltar una carcajada y apretarse contra él.

—Bueno, es una innovación del concepto de amor en la oficina, ¿no te parece? —bromeó.

—Pues el jefe no se queja en absoluto —replicó Valentin mientras le mordisqueaba el cuello suavemente con los dientes.

Un escalofrío le recorrió el cuerpo. El deseo volvió a apoderarse de ella. Comenzó a moverse de nuevo contra él y el placer despertó de nuevo.

—Me parece que esta noche no me puedo saciar de ti —observó. Se apartó de él un poco y comenzó a aflojarle la corbata—. Y creo que debo también librarme de algunas cosas necesarias…

—¿Como cuáles?

—Debo asegurarme que estás tan desnudo como yo. Quiero verte, Valentin. Tocarte por todas partes…

—Soy tuyo, Imogene —respondió. Su voz era profunda y firme y en sus ojos había una mirada que prometía mucho más—. Tócame. Haz lo que quieras conmigo, pero con una condición.

—¿Y es?

Imogene dejó de desabrocharle los botones y

se mordió el labio inferior mientras observaba con deseo la piel del torso que ya había dejado al descubierto.

–Que me permitas hacer exactamente lo que desee contigo.

–Hmm… –dijo ella. Echó la cabeza a un lado, como si estuviera considerando muy seriamente sus palabras. En realidad, era ridículo, cuando Valentin aún seguía dentro de su cuerpo. Le apretó otra vez para recordárselo–. Creo que me parece razonable.

Una sonrisa apareció en su hermoso rostro e Imogene le correspondió. El sexo entre ellos siempre había sido apasionado, pero a veces también divertido. A ella le encantaba bromear en una situación como aquella.

–¿Significa esto que ya puedo tocarte? –gruñó Valentin. Tenía los ojos entrecerrados, lo que le daba un aspecto aún más sexy.

–Por favor… –dijo ella educadamente mientras apartaba las manos de la camisa de él.

Contuvo la respiración al sentir que las manos de Valentin le cubrían los senos. El calor que emanaba de ellas parecía atravesarlos. El índice y el pulgar se cerraron en torno a los erectos pezones y se los apretó suavemente.

–¿Sabes cuánto deseaba hacer esto antes? –le preguntó.

–Demuéstramelo –susurró ella, casi incapaz de respirar.

El contraste entre la tela de los pantalones y las piernas desnudas y, además, la calidez de las manos de Valentin donde la tocaba la estaba volviendo loca. Áspero y suave, hecho por el hombre y el hombre. Todo convergía para crear un festín de sensaciones que se apoderaban por completo de ella. Valentin se inclinó hacia adelante y tomó entre los labios un pezón mientras deslizaba una mano hacia el lugar donde se unían los cuerpos de ambos. Comenzó a acariciarle el clítoris, estimulándolo aún más de lo que ya lo estaba y empezó a conducirla hacia un nuevo clímax. Justo antes de que llegara a ese punto, le apretó el pezón con los dientes y mordió suavemente la piel. Aquella sensación la hizo volar, de tal manera que parecía que su cuerpo ya no le pertenecía, sino que estaba a las órdenes de él. Cuando regresó de nuevo a la realidad, estaba sollozando de gozo y notó que él se había puesto de nuevo erecto en el interior de su cuerpo.

Notó también que ya no estaban solos.

—Valentin, tengo las cifras que me habías pedido.

Una voz de mujer. Una voz que Imogene reconoció inmediatamente.

Carla Rogers. La mujer que había arruinado su primer matrimonio. La gélida realidad terminó con la cercanía que había existido entre ella y su marido.

—Ay, lo siento. No sabía que tenías compañía.

A Imogene no le pasó por alto el ligero tono de burla que había en la voz de la otra mujer.

—¡Fuera! —exclamó Valentin con vehemencia y furia.

Abrazó a Imogene con fuerza cuando notó que ella trataba de apartarse. Sin embargo, no podía ocultar que estaba completamente desnuda, sentada a horcajadas sobre el regazo de su esposo, aún con las lágrimas del placer del último orgasmo humedeciéndole las mejillas.

—¡He dicho que fuera! —reiteró.

A sus espaldas, Imogene escuchó una disculpa, seguida inmediatamente por el sonido de una puerta que se cerraba. No perdió el tiempo. Se levantó rápidamente, se inclinó para recoger su vestido del suelo y se lo volvió a poner. Se encontraba en estado de shock. ¡Carla Rogers! ¿Allí? ¿Trabajando para Valentin?

¿Acaso había esperado él que no lo descubriría nunca? La ira se apoderó de ella, le nubló la visión y convirtió su pensamiento en un lugar oscuro y feo. Miró hacia el otro lado del despacho, donde estaba la improvisada mesa que había llevado. Los restos de la cena que con tanto amor había preparado. La amargura le llenó la boca. Había sido una estúpida.

—No es lo que piensas.

Valentin se había colocado la ropa y se había colocado a sus espaldas. Le colocó las manos sobre los hombros y trató de conseguir que Imogene se diera la vuelta.

—¡No me toques! —le espetó ella con repulsión.

—Imogene, te lo puedo explicar…

—¿No crees que es un poco tarde para eso? Venga ya, Valentin. ¿Tu antigua amante trabajando aquí? ¿Contigo? ¿Cuánto tiempo lleva aquí? ¿Cuánto tiempo creías que podrías ocultármelo? Tal vez me he equivocado. Tal vez no es tu antigua amante después de todo. Tal vez jamás terminaste tu relación con ella —añadió. Cerró los ojos y tragó saliva para tratar de deshacer el nudo que se le había hecho en la garganta y que amenazaba con asfixiarle. Cuando sintió que podía volver a hablar, abrió los ojos y miró a Valentin con fiereza. Entonces, hizo un gesto con las manos para indicar todo el trabajo que había hecho para que la velada fuera especial para ellos–. Bueno, espero que los dos os riais a gusto de todo esto. Estoy segura de que debes de pensar que soy patética.

–¿Patética? Te aseguro que lo que pienso de ti es todo lo contrario a eso. En cuanto a Carla, no es mi amante, como tampoco lo era hace siete años. Créeme, Genie.

–¿Quieres que te crea? ¿Que confíe en ti? –le espetó ella mientras temblaba de la cabeza a los pies–. Qué cara más dura –se mofó. Las palabras habían salido de sus labios con repulsión y desprecio–. Esa mujer nos ha pillado teniendo relaciones sexuales en el sofá de tu despacho. ¿Tienes idea de cómo me hace eso sentir? ¿Cómo puedes esperar que te crea? Hace siete años tenías contacto con ella todos los días y me parece que lo sigues teniendo. Perdóname si me cuesta un poco creer lo que dices.

Recogió su abrigo y se lo puso, tratando de ignorar el hecho de que su cuerpo entero estaba temblando. No podía creer que hubiera sido tan tonta, que se hubiera creído las promesas de Valentin el día de la boda cuando le dijo que jamás le había sido infiel. Había querido creerle y todo el tiempo su amante y él se habían estado riendo a sus espaldas.

Hubieran pasado o no los tres meses, por lo que a ella se refería aquel matrimonio estaba acabado. Se dirigió hacia la puerta con el bolso en una mano. A la mañana siguiente, se pondría en contacto con su abogado para ver cuánto podía tardar en cancelar el contrato de subarrendamiento para poder volver a su casa. Quería marcharse de la de Valentin tan pronto como le fuera posible. Entonces, se ocuparía de desenredar el lío en el que se había convertido su matrimonio.

–Detente, Imogene. No te vayas. Así no.

Sus palabras sonaron como órdenes, indignándola aún más. En aquellos momentos, debería estar suplicándole, pidiéndole perdón de rodillas y, en vez de eso, estaba allí, perfectamente compuesto. Alto y arrogante, como siempre. Y tan guapo que el corazón de Imogene se rompía una y mil veces por su traición.

–No me digas lo que tengo que hacer –le replicó, completamente asqueada–. Por el amor de Dios, ¡probablemente ve más de lo que te veo yo! Evidentemente, deberíamos haber seguido nuestros instintos en Port Ludlow. Ha sido un error volver a casarnos.

–Mira, lo siento… Todo ha salido mal. Jamás te mentí sobre Carla. Eso es cierto.

–Sin embargo, tampoco te apresuraste a decirme que los dos seguíais trabajando juntos. ¿Regresó contigo de África? ¿Habéis estado los dos juntitos todo este tiempo?

Incluso mientras decía las palabras, Imogene comenzó a darse cuenta de ciertas cosas. Si estaba tan cómodo con Carla, ¿por qué se había puesto en manos de Alice Horvath y del equipo de Matrimonios a Medida? ¿Por qué se había esforzado tanto por convencerla de que siguieran adelante con la boda cuando los dos ni siquiera habían querido hacerlo al principio?

El rostro de Valentin estaba muy sombrío.

–Sé que no vas a creerme, probablemente yo tampoco me creería a mí mismo, pero tenía intención de hablarte de ella cuando llegara el momento adecuado.

Imogene lanzó una desagradable carcajada.

–¿Adecuado? Me pregunto cuándo habría sido…

Su ira y la adrenalina que se habían apoderado de ella tan solo hacía unos instantes había desaparecido por completo y se había visto reemplazada por una profunda tristeza acompañada de agotamiento, tanto físico como mental.

–Me voy a casa –dijo–. Ahora mismo ya no puedo más.

–Te llevo.

–Tomaré un taxi.

–Te voy a llevar a casa. No hay discusión.

–¿Y el carrito? Deberíamos…

–¡Olvídate del maldito carrito! Ya haré que alguien se ocupe de él.

Imogene observó cómo cerraba el ordenador portátil de un golpe y se lo metía en la bandolera de cuero que ella le había comprado hacía tan solo una semana. Se lo había comprado por amor. Miró por la ventana y observó la vista que, tan solo unos minutos antes, le había parecido tan deliciosamente romántica. De nuevo, la amargura le inundó la boca junto con una profunda sensación de pérdida y de tristeza por lo que había creído que habían empezado a construir juntos. Entonces, la voz de Valentin la sacó de sus pensamientos.

–Vayámonos.

Estaba junto a la puerta, esperándola. Tenía el

rostro como el granito y la postura rígida e inflexible. A Imogene le recordaba mucho a la última vez que se había enfrentado con él por la omnipresente señorita Rogers. Raramente expresaba sus sentimientos hacia ella sin una especie de escudo. La única vez que a Imogene le había parecido que experimentaban verdadera sinceridad el uno con el otro fue cuando hicieron el amor. Sin embargo, en aquellos momentos, no podía dejar de preguntarse si habría sido otra mentira después de todo. Se abrochó el abrigo y se dirigió hacia la puerta.

Capítulo Diez

Efectuaron el trayecto a casa en completo silencio. Valentin se atrevió a mirarla en una ocasión, pero ella no apartaba la mirada de la ventana. Cuando llegaron al edificio donde estaba su apartamento, Imogene no esperó a que él fuera al otro lado del coche para abrirle la puerta. Salió rápidamente del coche y llegó a la entrada del edificio antes incluso de que Valentin hubiera podido darle las gracias y las buenas noches a Anton. Al menos, le esperó en el ascensor.

Sentía la ira y la desilusión que emanaban del cuerpo de ella. Suponía que la ira era mejor que las lágrimas y las recriminaciones, que era lo que había pensado que se vería obligado a soportar. Además, él mismo estaba empezando a sentir una ligera irritación. En realidad, era mucho más que eso, y se estaba empezando a convertir también en ira. Contra sí mismo. Jamás debería haber permitido que ocurriera una situación como aquella. Dado que no se le había ocurrido cerrar con llave el despacho, podría al menos haber pensado en llevarse a su esposa a casa antes de hacer el amor para que los dos pudieran haber disfrutado el uno del otro sin temor a ser interrumpidos.

Su cuerpo se tensó al recordar cómo ella se le había sentado a horcajadas. Cómo se había quitado el vestido para mostrarle su hermoso cuerpo.

Los sonidos que había dejado escapar y la expresión de su rostro. Todo había quedado destruido en un momento de descuido que había sido totalmente culpa suya.

–Siento por lo que te he hecho pasar –le dijo secamente mientras el ascensor subía hasta la última planta–. Fue innecesario.

Ella lo miró con incredulidad.

–¿Innecesario? –repitió–. ¿Tu amante nos sorprende y tú dices que es innecesario? Vaya. Tienes agallas, sí señor.

Las puertas del ascensor se abrieron e Imogene salió al vestíbulo y se dirigió inmediatamente a su dormitorio.

–Imogene, espera. Por favor. Tenemos que hablar.

Ella tardó unos segundos, pero se detuvo por fin y se dio la vuelta.

–De verdad, Valentin. Si quieres que este matrimonio tenga posibilidad de éxito, ella tiene que marcharse.

–Mira, estás celosa y lo entiendo.

–¿Celosa? –repitió ella. Su rostro adquirió una expresión aterradora–. ¿Crees que es eso? Esa mujer destruyó deliberadamente nuestro matrimonio hace siete años. ¿Qué parte es la que no comprendes? O tal vez sea que no lo quieres comprender. Tal vez no puedes prescindir de ella en tu vida. Bien, pues tengo noticias para ti. O ella o yo. No puedes tenernos a las dos.

–Te estás comportando de un modo infantil –le espetó él dando voz a su ira–. Ella es una parte integral de Horvath Pharmaceuticals.

–Bien, en ese caso, no creo que tenga problemas para encontrar otro trabajo en otra empresa. Estoy segura de que le darás buenas referencias sobre todos los aspectos de su, aparentemente, enorme talento. Ahora, si me perdonas, necesito desesperadamente una ducha. Me siento sucia.

Imogene se dio la vuelta elegantemente y se marchó a su dormitorio. Valentin hizo ademán de seguirla, pero se dio cuenta de que el esfuerzo sería inútil. ¿Por qué tenía que seguir con la misma cantinela sobre Carla? Valentin no sentía nada por la otra mujer, más allá de lo que siente un compañero de trabajo por otro. Carla era inteligente y estupendamente preparada para su puesto como jefa de investigación y desarrollo. Su habilidad para realizar bien su trabajo era lo que hacía que su trabajo en equipo fuera tan cohesionado, y eso era maravilloso para Horvath Pharmaceuticals. Punto. No tenía nada que ver con la brevísima relación sexual que habían tenido en África antes de que Imogene llegara incluso al continente.

Cuando ella llegó… Después de eso, nadie más le importó a Valentin. Sin embargo, a pesar de eso, mientras se iba a la cama, no podía dejar de preguntarse si no se podían perdonar u olvidar los supuestos pecados de su pasado.

A la mañana siguiente, cuando se levantó, Imogene ya se había marchado a trabajar. Valentin estaba de muy mal humor cuando se dirigió a la cocina a tomar un café. Al verlo, Dion se lo sirvió inmediatamente y le dejó la taza en la barra.

—¿Lo de anoche no fue muy bien? —le preguntó.

—La cena fue fantástica. Muchas gracias por ayudar a Imogene a prepararla —respondió Valentin con amabilidad.

Dion esperó un momento, por si Valentin tenía algo más que añadir. Durante un instante, Valentin sintió la tentación de confiar en él, pero no estaba acostumbrado a compartir problemas personales con nadie, y aquel le parecía el más personal de todos. Se limitó a tomarse el desayuno que Dion le había preparado y, tras darle las gracias, se marchó a trabajar. Los problemas que había estado tratando de solucionar la noche anterior aún requerían de su atención urgente.

¿Y su relación con Imogene? ¿Acaso no requería ese asunto también su atención urgente? Por supuesto que sí, pero tal vez necesitaba ayuda, un observador imparcial que le ayudara. Tal vez debería llamar a Alice y decirle que había cometido un error fundamental al emparejarlos de nuevo. Decidió no hacerlo. No estaba de humor para soportar un sermón de su abuela. Además, tampoco estaba dispuesto a admitir ante Alice que había sido él quien había fallado. Una vez más. Rechazó la idea por completo. No era la clase de hombre que pedía ayuda a nadie. Siempre resolvía solo todos sus problemas. Resolvería también aquel.

Tarde o temprano.

Imogene estaba furiosa consigo misma por no ser capaz de compartimentalizar su cerebro lo suficiente como para centrarse en el trabajo que tenía sobre la mesa. Debería haber esperado en casa aquella mañana para enfrentarse a Valentin y aclarar la situación. Le había dejado bastante clara su postura sobre lo que quería y lo que esperaba de él. Comprendía que tal vez a él no le parecía que hubiera ningún problema. Sabía que no se relacionaba con facilidad con personas fuera de su círculo, pero no podía comprender que no estuviera dispuesto a desprenderse de la única persona que había hecho que la vida de Imogene fuera un absoluto infierno.

La noche anterior, había empezado a sentirse como si hubieran establecido un puente entre su antigua vida y la nueva. Parecía que habían creado unos cimientos fuertes sobre los que construir y disfrutar de un matrimonio normal con todo lo que este pudiera conllevar. Sin embargo, parecía que aquellos cimientos seguían siendo débiles e inestables. Parecían estar construidos sobre arena, que había desaparecido en la primera tormenta que habían sufrido juntos. En su opinión, Carla Rogers podía calificarse como un huracán de categoría 5.

Apareció un mensaje en la pantalla de su ordenador. Lo abrió rápidamente y se quedó atónita al verlo. Inmediatamente, tomó el teléfono y llamó a recepción.

—Haga pasar a la señorita Rogers —consiguió decir con voz firme.

Se levantó del escritorio y se alisó el vestido. Se alegraba de haber elegido el negro aquel día, con un sencillo collar de turquesa y plata alrededor del cuello. Tenía un aspecto intimidante, que era exactamente como quería sentirse cuando se enfrentara con la mujer que había hecho que su vida fuera un infierno. A pesar de todo, el corazón comenzó a latirle con fuerza en el pecho cuando notó que la puerta se abría para dar paso a Carla Rogers.

Iba vestida con un conjunto de dos piezas que no le habría desentonado a la misma Audrey Hepburn. Llevaba el cabello negro recogido y muy pocas joyas. Tenía un aspecto muy profesional, pero Imogene captó la malicia en su mirada antes de que tuviera tiempo de recomponer el gesto. Resultaba evidente que Carla pensaba que Imogene no era más que un juguete. Si era eso lo que creía, estaba muy equivocada.

En silencio, le indicó que se sentara frente a ella y esperó a que Carla tomara la palabra. No tuvo que esperar mucho tiempo. Después de cruzar elegantemente las piernas, Carla se colocó las manos sobre el regazo y se inclinó hacia Imogene.

–Sentía que necesitaba disculparme –dijo, con lo que para la mayoría de las personas sería un sentimiento verdadero.

–¿De verdad? –replicó Imogene. No estaba dispuesta a ceder ni un ápice.

Carla sonrió, pero no muy sinceramente.

–Siento haberos sorprendido a Valentin y a ti anoche. No esperaba encontrarte allí.

–Al grano, Carla. Las dos sabemos que no nos tenemos ningún aprecio.

–Es una pena, ¿no te parece? Las dos tenemos unos vínculos muy fuertes con Valentin. Es una pena que no podamos solucionarlo de alguna manera como adultos racionales.

–¿Estás implicando que si no quiero compartir a mi esposo contigo estoy siendo irracional? –comentó Imogene con una sonrisa jugueteándole en los labios.

–Creo que podríamos encontrar alguna solución. Pensé que te había olvidado, pero es evidente que no nos puede dejar marchar a ninguna de las dos.

111

Imogene tuvo que contenerse para no saltar por encima del escritorio y sacarle los ojos a Carla. Por el contrario, se reclinó sobre el asiento y apoyó los codos en los reposabrazos. Entonces, empaló a Carla con una mirada de desprecio.

–¿Es eso todo lo que has venido a decirme?

Carla inclinó la cabeza y, por primera vez, parte de la seguridad en sí misma con la que se protegía como con un caparazón, comenzó a desaparecer.

–Me gustaría que te marcharas ahora mismo –le espetó Imogene muy secamente.

–¿Marcharme? Pero…

–Has dicho lo que tenías que decir y yo te he escuchado. Eso es lo único que te debía. Sin embargo, antes de que te vayas, hay una cosa que me gustaría decir. Jamás compartiré a mi esposo con ninguna otra mujer. Si tú hubieras amado alguna vez a alguien de verdad, lo sabrías y sentirías exactamente lo mismo. Ahora, ¿hace falta que llame a seguridad o te vas a marchar tú solita?

Carla sorbió por la nariz para mostrar su desacuerdo y se levantó de la silla.

–Estás cometiendo un error.

–No, el error lo estás cometiendo tú. Estás dando por sentado que sigo siendo la misma mujer asustada e insegura que conseguiste ahuyentar hace siete años. Bueno, pues tengo una noticia que darte. Ya no lo soy. Ahora, para repetir lo que te dijo mi marido anoche, fuera de aquí.

–Esto no se ha terminado, Imogene. No te vayas a creer que voy a renunciar a él tan fácilmente… y mucho menos después de todo este tiempo.

–¿Renunciar? Lo primero de todo, él tendría que haber invertido en una relación contigo, ¿no te parece? Me parece que no se habría casado conmigo, de nuevo –se interrumpió para dar énfasis–, si así fuera.

–No sabes nada –le espetó Carla amargamente antes de dirigirse a la puerta–. Te lamentarás de haber hecho esto.

Después de que Carla se hubiera marchado, Imogene se obligó a ponerse de pie sobre unas piernas que le temblaban de la tensión que había pasado y se marchó a la próxima reunión. No comprendía cómo pudo pasar el resto del día, pero, cuando recogió su portátil y salió de su despacho, había hecho en realidad muchas cosas. Tal vez debería provocar aquellas subidas de adrenalina con más frecuencia.

Bajó a la calle y detuvo un taxi. A pesar de que estaba en estado de shock cuando Carla se marchó, se sentía increíblemente empoderada. Por primera vez, sentía que había agarrado las riendas de su vida y se sentía orgullosa de sí misma por ello. Lo de si Valentin estaría orgulloso era otra cosa. Sería mejor que no estuviera trabajando hasta muy tarde aquella noche o no dudaría en presentarse en el trabajo y decirle lo que pensaba allí mismo.

Resultó que Valentin ya estaba en casa cuando entró en el apartamento. Estaba trabajando en la biblioteca. Imogene entró directamente allí y esperó que él levantara la cabeza.

–Hoy he tenido visita.

–Evidentemente, no te ha mejorado el humor –observó él muy secamente.

–No, no se puede decir que Carla Rogers mejore nada –replicó.

Valentin la miró atónito.

–¿Que Carla fue a verte? No lo esperaba.

–Ni yo tampoco, pero sí. Dijo que iba a disculparse, pero no tardó en demostrar sus cartas. Le pareció que estaría bien que llegáramos las dos a algún tipo de acuerdo.

–Un acuerdo –dijo él con cautela–. Parece razonable.

–Un acuerdo por el cual te compartiríamos –le explicó Imogene claramente.

El asombró dejó paso a un rostro impasible.

–¿Y tú qué le dijiste?

–Le dije que no compartía a mi esposo con nadie.

Los ojos de Valentin empezaron a brillar. Parecía impresionado y aliviado.

–Bueno, me alegra escuchar eso.

–No lo comprendes, Valentin. Ella parece pensar que tiene algún derecho contigo y que está bien maltratarme. Le puse las cosas claras en ambos puntos. Sin embargo, si tú no me apoyas en esto, lo que yo diga no tendrá peso alguno. Es una mujer malvada y manipuladora. Nos destrozó una vez en el pasado y lo volverá a hacer si le damos el poder de hacerlo. Tienes que creerme. Te lo dije anoche y te lo vuelvo a decir ahora. O se va ella o me voy yo. No voy a tener un matrimonio de tres.

–No te estoy sugiriendo nada por el estilo. Quiero que esto funcione tanto como tú –dijo él. Se levantó del escritorio y se dirigió hacia ella para tomarle las manos–. Imogene, anoche fue muy especial para mí. Tú eres muy especial para mí. Quiero que esto dure para siempre.

Ella apartó las manos.

–Hablar es fácil, Valentin. Yo quiero ver actos. No quiero que esa mujer trabaje contigo. Ya está.

114

–Entonces, ¿no te basta mi promesa de serte fiel?

Imogene deseó que así fuera. Sabía que Valentin pensaba que estaba innecesariamente obsesionado con la otra mujer, pero, ¿era mucho pedirle que viera las cosas desde su punto de vista?

–Cuando ella está cerca, no.

–Entonces, ¿esperas que deje marchar a una empleada que no solo es una jefa de equipo muy valiosa, sino que es fundamental en las conversaciones que estamos teniendo para firmar un contrato de suministros global con una organización de ayuda internacional?

Imogene se mantuvo firme y asintió.

–Así es.

–¿Incluso si te dijera que te amo, que solo te he amado a ti?

Capítulo Once

Imogene se quedó atónita. Había deseado volver a escuchar aquellas palabras de sus labios, pero había temido que no volvería a ser así. Y, de repente, mientras estaban peleando por otra mujer, Valentin las dejó caer en la conversación. No sabía qué hacer. Se había imaginado que, cuando intercambiaran aquellas palabras, sería sobre algo especial, algo que significara mucho para ambos, no que se utilizarían como munición para que él no tuviera que perturbar el impecable funcionamiento de su empresa. Parpadeó para contener las lágrimas.

–Eso no es justo. No puedes usar el amor contra mí de esa manera –dijo ella con una voz que era prácticamente un susurro.

–¿Que no es justo? Es la verdad. Siempre te he amado, Imogene. Volverme a casar contigo solo ha servido para comprenderlo una vez más. No quiero a nadie más. Solo a ti. siempre a ti.

Imogene se sintió como si le estuvieran rasgando el pecho. Habría dado cualquier cosa para escuchar aquellas palabras hacía siete años. Habría tenido la fuerza de quedarse a luchar por su marido y por su matrimonio en vez de salir huyendo. Sin embargo, había sido ella la que encontró a Carla en su cama mientras alguien se duchaba en el cuarto de baño. Había dado por sentado que era Valentin, y siendo hija de un padre profundamente fiel, había salido corriendo para evitar el dolor y la injusticia de que pensaba que había visto.

Hacía un mes, en su boda, él le había reiterado enfáticamente que la persona en el cuarto de baño no era él e Imogene había deseado creerle desesperadamente. Creer que tenían una segunda oportunidad. Sin embargo, si él estaba siendo sincero y de verdad pensaba que la amaba, no era suficiente. En aquella ocasión, necesitaba mostrarle que era cierto, demostrarle que lo decía en serio. Imogene no se conformaría con nada menos.

Valentin le colocó una mano sobre el rostro y suavemente le cubrió la mejilla. Entonces, la obligó a mirarle directamente a los ojos.

–Imogene, lo digo en serio. Sin embargo, si vamos a hacer que esto funcione, tienes que confiar en mí. No tengo sentimiento alguno hacia Carla aparte del respeto de un compañero de trabajo por una compañera, y eso es básicamente lo que siempre ha habido entre nosotros. No puedo poner en peligro todo en lo que hemos estado trabajando despidiéndola en estos momentos.

Su caricia era tierna, pero las palabras sonaban como balas directas al corazón.

–Entonces, básicamente, me estás diciendo que no estás dispuesto a hacer nada –dijo ella tratando de mantener la compostura.

–Hablaré con ella mañana y le comentaré lo que me acabas de decir.

Imogene se apartó de él.

–Habla todo lo que quieras. Por lo que a ella respecta, no va a cambiar nada. Hasta que no te des cuenta, no tenemos oportunidad alguna –replicó. Se dio la vuelta para marcharse, pero antes de hacerlo, se detuvo en la puerta de la biblioteca–. Valentin, dime una cosa. ¿Qué crees que esperaba ganar cuando, en África, me hizo creer que eras tú el que estaba en el cuarto de baño duchándose para quitarte el sudor después de hacer el amor con ella? ¿Por qué mentiría sobre eso si no era su intención desde el principio quedarse contigo? Cualquier otra mujer se habría rendido y habría decidido seguir con su vida cuando nos casamos por segunda vez, pero, por alguna razón, ella no puede dejarte marchar. Carla Rogers es una depredadora y te tiene en su punto de mira. Si no te das cuenta, lo siento mucho, pero debes de estar completamente ciego.

Valentin se frotó los ojos. Había soportado otra noche de insomnio. Al final, había tenido que ir al gimnasio que tenía en casa para correr algunos kilómetros en la cinta y cansarse. Con cada paso que daba, se repetía una y otra vez la misma pregunta. ¿Por qué no era su amor suficiente para Imogene? Tal vez ella tenía razón. Tal vez no tenían un futuro juntos. En su opinión, él estaba haciendo todo lo razonablemente posible para reconstruir su relación, pero su obsesión con Carla Rogers le hacía parecer ligeramente desequilibrada. Por lo tanto, había decido hablar con la otra parte, y Carla Rogers estaba a punto de aparecer en su despacho en cualquier momento.

El sonido de la puerta le hizo apartarse de la ventana.

–¿Querías verme? –le preguntó Carla mientras se acercaba al escritorio.

Como siempre, tenía un aspecto perfectamente compuesto. Valentin había visto a aquella mujer en las más urgentes y traumáticas circunstancias, cuando una guerra entre bandas había estallado en la ciudad africana a la que se les había enviado a trabajar. A pesar de la sangre y el caos, ella se había mostrado como un pilar de calma y de raciocinio. Como Valentin, era una persona dedicada a su trabajo, tanto si era una situación de emergencia con muchos pacientes con horribles heridas, como si se trataba del desarrollo de un nuevo producto que pudiera tener importantes implicaciones en los países en desarrollo. Valentin confiaba en ella y no se imaginaba su vida laboral sin Carla. Mejor dicho, no quería ver su vida laboral sin ella. Apartó sus pensamientos y sonrió a Carla.

–Gracias por venir. Sé que estás muy ocupada.

–Siempre tengo tiempo para ti, Valentin. Ya lo sabes.

Él odiaba que, de repente, no pudiera evitar buscar doble sentido a sus palabras. Las cosas que Imogene le había estado diciendo, le hacían tergiversar lo que Carla decía y mirarlo desde otra perspectiva. ¿De verdad tenía algo en mente? Observó el rostro perfectamente maquillado, los ojos oscuros que eran las ventanas de una mente brillante, pero no vio nada más que los rasgos familiares que conocía desde hacía más de ocho años. Contuvo el aliento y eligió cuidadosamente sus palabras. No había razón alguna para edulcorarlas. Carla era la clase de mujer que iba directa al grano y le debía ser igualmente directo.

–Tengo entendido que ayer fuiste a visitar a Imogene a su despacho.

Para su sorpresa, Carla se echó a reír.

—Así que te lo ha contado.

—¿Esperabas que no lo hiciera? No tenemos secretos el uno para el otro.

—Claro, supongo que eso crees.

Valentin se quedó muy sorprendido por la respuesta.

—¿Qué quieres decir con eso?

—Supongo que te dijo que la sorprendí con mi visita, pero fue ella la que me llamó a su despacho. Yo me sorprendí mucho, pero es tu esposa y, aunque me hizo perder horas de mi trabajo, pensé que debía de ser importante y fui. Tengo que decir que me quedé atónita. Se mostró terriblemente grosera conmigo. Me dijo que debería empezar a buscar otro empleo porque no me quería cerca de ti. En realidad, es ridículo, cuando los dos sabemos que tú no tienes razón alguna para rescindir mi contrato. Tu esposa tiene un problema muy grave con los celos, Valentin. Se comportó como una loca. Y pensar que trabaja con niños… Da todo un poco de miedo, para serte sincera.

A Valentin le costó un poco ocultar su asombro. ¿Cuál de las dos mujeres estaba diciendo la verdad? El comportamiento que Carla acababa de describir no parecía el de la Imogene que él conocía, pero, en realidad, ¿hasta qué punto podía decir que la conocía? Su primer matrimonio se había producido tan solo unas pocas semanas después de conocerte y esas semanas habían estado marcadas por la lujuria y la pasión, acrecentados por el dramatismo de vivir en una ciudad que estaba siempre bajo una amenaza constante. No se podía decir que hubiera sido un noviazgo normal. Su matrimonio tampoco lo había sido. El poco tiempo que habían conseguido estar juntos había sido tan breve que no habían tenido mucho tiempo de conversar, sobre todo porque no podían dejar de tocarse. Entonces, Imogene creyó que él había reiniciado su relación con Carla y se había terminado todo.

Su corazón le decía que debía creer a su esposa, pero la lógica le animaba a apoyar a su empleada. Carla era una persona con la que llevaba trabajando mucho tiempo y en la que confiaba plenamente. Ninguna de las dos opciones le satisfacía plenamente, pero tenía que haber un término medio en alguna parte.

—No es lo que ella te ha contado, ¿verdad? —le preguntó Carla arqueando una ceja.

—Hay algunas diferencias, sí —admitió él de mala gana—. Lo volveré a hablar con ella.

—No te molestes. Sinceramente, si tú fueras mi esposo y la situación fuera a la inversa, probablemente yo también estaría marcando territorio.

—¿Marcando territorio? —repitió él con una sonrisa forzada—. Ese comentario hace parecer que no tengo elección en todo esto. Tengo que decir que me siento como un hueso del que tiran dos perros.

—¿No sería mejor decir dos perras? —preguntó ella en tono de broma.

En aquella ocasión, Valentin no tuvo que forzar la sonrisa.

—Bueno, dado que tú lo dices… Sin embargo, no es que ninguna de las dos lo seáis, por supuesto.

—Por supuesto que no —ronroneó Carla.

Por alguna razón, aquella manera de contestar le irritó.

—Ahora que estás aquí, vamos a terminar las

previsiones para el presupuesto en el que hemos estado trabajando —dijo él para cambiar de tema.

En un instante, Carla adquirió una actitud muy profesional, algo por lo que Valentin le estuvo muy agradecido. A lo largo de toda la conversación, había querido creer lo que ella le había dicho, pero no había conseguido hacerlo. ¿Le habría contado Imogene la verdad o simplemente su versión de la verdad? De alguna manera, tenía que descubrirlo.

Aquella noche, Valentin se aseguró de llegar a casa a tiempo porque tenían que ir a cenar a casa de los padres de Imogene. Después de haberse pasado el día pensando en lo que Carla e Imogene le habían dicho, no estaba más cerca de saber cuál de las dos le había dicho la verdad sobre lo ocurrido en el despacho de Imogene. Por eso, mientras se dirigían hacia el apartamento de sus padres, la tensión entre ambos era palpable.

—No me habías dicho que tus padres vivían tan cerca de nosotros —le comentó él mientras subían por la Quinta Avenida.

—¿Acaso importa? —replicó ella encogiéndose de hombros.

—Bueno, son tus padres.

—Sí, pero no pasamos juntos mucho tiempo. Mi padre está siempre muy ocupado y mi madre también.

—Tu padre es abogado de derechos humanos, ¿no?

—Sí. Uno de los mejores. Está muy solicitado, tanto que me sorprende que no se haya tenido que posponer la velada de esta noche como suele pasar con este tipo de reuniones.

Valentin notó una nota de resignación en la voz de Imogene que le hizo pensar. En su primer matrimonio, él casi no había estado en casa a pesar de que se lo había prometido. Todos los días había urgencias que requerían su atención inmediata. ¿La suya o la de su ego? Valentin formaba parte de un equipo, no era el único médico del hospital.

Sin embargo, tenía que admitir que le había gustado mucho trabajar en Urgencias. Daba lo mejor de sí bajo presión. Muchas personas acusaban a los cirujanos de creerse Dios, pero la verdad era que ellos, literalmente, tenían la vida de otro ser humano en sus manos. La adrenalina había sido increíble, no podía negarlo y le había encantado su trabajo. Le seguía gustado, a pesar de que lo que hacía en aquellos momentos era muy diferente.

¿Tanto como afirmaba amar a su esposa?

Mientras entraban en el edificio en el que vivían los padres de Imogene y tomaban el ascensor, se dijo que no era lo mismo.

A su lado, sintió que Imogene se tensaba.

—¿Va todo bien?

—Supongo que tan bien como puede ir.

Ella pareció prepararse para lo que le esperaba. Las puertas del ascensor se abrieron por fin y los dos descendieron y avanzaron juntos por un largo pasillo hasta llegar a una puerta doble. Imogene acababa de apretar el timbre, cuando su madre abrió la puerta. Caroline O'Connor era una mujer muy hermosa. Tendría poco más de cincuenta años, el cabello algo más claro que el de su hija, pero los ojos tenían el mismo color gris verdoso.

–Señora O'Connor –dijo Valentin extendiendo la mano mientras entraron el vestíbulo–, es un placer volver a verla.

–Bueno, no creo que debamos andarnos con tantas ceremonias, ¿no te parece? –replicó Caroline. Le dedicó una sonrisa e, ignorando la mano que Valentin le ofrecía, le dio un beso en la mejilla–. Después de todo, ahora somos familia. Te ruego que me llames Caroline.

–Caroline –repitió él con una sonrisa.

–¿Ha llegado ya papá? –preguntó Imogene mientras miraba hacia el enorme salón vacío que había al final del pasillo.

–No, todavía no. Se ha retrasado un poco. Ya sabes cómo es –dijo la madre.

Imogene le dedicó una mirada de censura.

–Sinceramente, mamá. Podría haber hecho un esfuerzo por nosotros. Aún no conoce a Valentin. Cualquiera diría que no le importa que nos hayamos casado.

Caroline empezó a protestar, pero Valentin intervino.

–No pasa nada. Sé lo que es no poder marcharse del trabajo.

–Es verdad, lo sabes perfectamente –dijo Imogene a modo de indirecta mientras se quitaba el abrigo y lo colgaba en el armario.

Valentin se mordió los labios para no responder. No iba a hacerle ver a su esposa que últimamente había sido ella la que había llegado a casa después que él ni pensaba discutir con ella delante de su madre. Caroline los miró a ambos con gesto preocupado.

–Tienes una casa preciosa –le dijo Valentin para

intentar aplacar la tensión–. ¿Lleváis mucho tiempo viviendo aquí?

–Toda nuestra vida de casados –respondió Caroline–. Cuando Howard y yo nos mudamos aquí, solo teníamos esta planta. Cuando se puso en venta el apartamento que hay encima del nuestro, lo compramos y lo convertimos en un dúplex. ¿Quieres que te lo enseñe? Falta al menos una hora para la cena. Tenemos tiempo para tomar una copa antes.

Valentin miró a Imogene, que volvió a encogerse de hombros.

–Haced lo que queráis –dijo–. Yo voy a ver lo que Susan nos está preparando.

El recorrido por el apartamento de siete dormitorios les llevó mucho más de lo que Valentin había esperado. Tal vez así Caroline quería enmascarar la ausencia de su esposo. Cuando regresaron al salón, Imogene estaba sentada en una de las butacas y tenía una copa de vino casi vacía en la mano.

–Estaba empezando a pensar que tendría que mandar a buscaros –comentó mientras se ponía de pie–. ¿Os sirvo una copa?

–Gracias, cariño –le dijo la madre permitiendo que Imogene adoptara el papel de anfitriona.

Cuando terminaron el apetitivo, una doncella uniformada les pidió que la acompañaran al comedor. El señor O'Connor aún no había llegado. Valentin lo lamentó por su suegra, que se había esforzado todo lo posible para enmascarar la ausencia de su esposo alargando la conversación todo lo posible antes de cenar. Acababan de empezar los entrantes cuando se escuchó que la puerta principal se cerraba ruidosamente.

En un abrir y cerrar de ojos, la energía de la

habitación cambió y las dos mujeres se sentaron un poco más rectas. El rostro de Caroline expresaba alivio y el de su hija, enojo.

–Sé agradable –le dijo Caroline a Imogene, justo antes de que Howard O'Connor entrara en el comedor.

–Siento llegar tarde, pero no he podido evitarlo. Lo siento. Tú debes de ser mi nuevo yerno –dijo, como si el hecho de conocer al hombre con el que su única hija se hubiera casado fuera algo que ocurría con frecuencia. Valentin se puso de pie y le ofreció la mano–. O debería decir yerno reciclado –añadió con una carcajada por su propio chiste.

Valentin hizo lo que pudo para no contestarle. Para ser alguien que debería estar muy familiarizado con la diplomacia, no parecía estar esforzándose mucho.

–Me alegro de conocerle por fin, señor.

–Y yo a ti, Horvath. Y yo a ti.

Howard miró a Imogene, que estaba sentada a la mesa completamente en silencio. En ese momento, Valentin notó el ligero aroma del perfume de una mujer en el recién llegado y que era completamente diferente al de Caroline O'Connor. Resultaba evidente que, lo que le había retenido, no había sido el trabajo, a menos que el trabajo conllevara un contacto muy cercano y posiblemente íntimo con otra mujer.

¿Era esa la razón de la inseguridad que Imogene mostraba hacia Valentin? ¿Era Howard O'Connor un marido infiel y un padre ausente? De repente, la obsesión que Imogene tenía con la fidelidad y la confianza resultó más comprensible.

Capítulo Doce

Acababan de llevarles el plato principal a la mesa cuando el teléfono móvil de Howard comenzó a sonar insistentemente. Él se excusó y se levantó de la mesa para salir del comedor. Valentin oyó que la voz iba retirándose por el pasillo hasta que, por fin, desaparecía tras una puerta cerrada.

—Lo siento mucho —dijo Caroline—. Hemos tenido que aprender a compartirlo con su trabajo. En realidad, es más bien una vocación. Supongo que tú debes de sentir lo mismo con tu trabajo como médico.

Valentin miró a Imogene, que le devolvió tranquilamente la mirada. Normalmente, era capaz de leer a su esposa y se estaba acostumbrando a interpretar los matices de su expresión. Sin embargo, en aquellos momentos, su rostro era inescrutable.

—No sé por qué sigues disculpándote en su nombre, mamá —replicó ella sin apartar la mirada de Valentin—. Ahora, ya sabes que somos el segundo plato para… los otros intereses de mi padre.

Valentin notó el dolor que ocultaban aquellas palabras. Y la advertencia. Había crecido con ese ambiente. No lo iba a tolerar en su propio matrimonio.

El postre se convirtió en un ejercicio de diplomacia mientras Valentin trataba de aplacar el mal humor de su esposa ante los esfuerzos de su madre por cubrir la ausencia de Howard. Fue un alivio cuando todo acabó.

Cuando regresaron a casa, Valentin comprendió que tenían que hablar de todo aquello antes de que se convirtiera en un abismo entre ellos.

–¿Tienes tiempo de tomar una copa? –le preguntó mientras la ayudaba a quitarse el abrigo–. Me gustaría hablar.

–Pensé que te apetecería. Un coñac para mí. Creo que voy a necesitarlo.

Imogene mostraba coraje, como si nada ni nadie pudiera romperla en aquellos momentos. Sin embargo, Valentin sabía muy bien lo frágil que era y lo inestables que eran las barreras que había erigido a su alrededor.

–Pues un coñac –afirmó.

Se dirigieron en silencio a la biblioteca. Valentin sirvió dos copas de coñac antes de sentarse junto a ella en el sofá.

–Ha sido una noche muy dura para ti –dijo él sin preámbulos.

–¿Crees que ha sido dura? Por desgracia, es normal. Al menos, eso es lo que le parece a mi madre. No sé por qué lo soporta –comentó sacudiendo la cabeza antes de dar un sorbo de coñac–. No, no es cierto. Sé perfectamente por qué lo soporta. No creo que ame a mi padre más de lo que él la ama a ella. Sin embargo, los dos adoran la ilusión de un matrimonio estable y el estilo de vida que los ingresos de mi padre les permite disfrutar.

Hablaba con amargura, dolida. A Valentin le dolió que ella hablara de aquella manara. Decidió ir directamente al grano.

–¿Ha sido siempre infiel tu padre?

–¿Ya lo has notado?

–Bueno, resulta difícil no notarlo cuando llegó a casa oliendo al perfume de otra mujer.

–Antes se duchaba antes de llegar a casa. Ahora, ya no le importa lo suficiente como para tratar de ocultarlo. Y mi madre pone la otra mejilla. Ha luchado mucho para conseguir su posición en la sociedad, y no va a perderlo todo por la amante de turno.

¿Qué clase de infancia había tenido Imogene para que aquella clase de comportamiento fuera tan aceptado, tan normal? Sintió pena por ella. El padre de Valentin había sido un adicto al trabajo, pero había adorado a su esposa y había aprovechado al máximo el tiempo que podía sacar para pasarlo con la familia.

–Lo siento mucho, Imogene. Te mereces algo mejor.

–Por supuesto que sí –afirmó ella–. Mira, tal vez sea una situación que a mi madre no le importa tolerar, pero he visto lo que le ha hecho a lo largo de los años. Tal vez al principio amó a mi padre, pero poco a poco ese sentimiento fue muriendo. Cuando algo no se cuida, es lo que pasa. Ya no tienen nada en común más que el deseo de presentar la fachada perfecta al mundo. Mi madre se comporta como la anfitriona perfecta cuando él organiza fiestas y él juega a ser el marido perfecto cuando todos le miran.

–Pues esta noche no ha sido así –afirmó Valentin.

–Eso es porque no espera ganar nada de su relación contigo. Tú eres simplemente mi esposo y, a los ojos de mi padre, la familia es lo último que requiere su atención. Aprendí eso en la cuna, Valentin. No pienso hacer pasar por lo mismo a mis hijos.

La advertencia en su voz era clara y evidente.

—Yo estaré junto a mis hijos, Imogene. Y junto a ti.

—Estás dando por sentado que nuestro matrimonio va a durar.

—No hay razón alguna para que no sea así —replicó él poniéndose ligeramente a la defensiva.

—Hay una. O no la quieres ver o te niegas a admitirlo.

—Mira, permíteme que te deje una cosa completamente clara. No soy tu padre. No me parezco en nada a él. Te soy fiel y siempre lo he sido. Sé que crees que viste pruebas de lo contrario y sé que te quedaste atónita y dolida. Cuando estábamos en África, me comporté de un modo egoísta. Antepuse mi trabajo a ti porque no me di cuenta de lo frágil que era nuestra relación. Fue culpa mía. Darle a Carla las llaves de nuestra casa para que pudiera dormir fue culpa mía. No tenía ni idea de que ella aprovecharía para tener una aventura. Siento que terminaras creyendo que estaba implicado. No sé cuántas veces más tendré que decírtelo para que me creas.

Imogene lo miraba a los ojos. Los rasgos de su rostro se habían suavizado.

—Quiero creerte, Valentin. Si no pensara que puedo llegar a creerte, no me habría casado contigo. Sin embargo, esa mujer sigue formando parte de tu vida. Sigue causándonos problemas. Mientras esté aquí, siempre nos causará problemas. ¿Es que no lo ves? Mira, mi padre ha tenido varias amantes durante su matrimonio con mi madre. Como no las ama, no considera que esté siendo infiel. De hecho, está convencido de que no lo es. Sin embargo, para mí la fidelidad lo es todo. Todo.

—Tienes mi promesa, Imogene. Para mí, no hay nadie más que tú. Quiero que me creas. Te amo y quiero una vida contigo. Quiero tener hijos contigo.

—Como ya te he dicho, quiero creerte, Valentin…

—En ese caso, créeme. No hace falta más.

—Ojalá fuera tan sencillo.

—Podemos hacer que lo sea.

Valentin le quitó la copa de la mano y la puso sobre la mesita de café. Entonces, le enmarcó suavemente el rostro entre las manos y la besó. No había pasión en aquel beso. Tan solo quería asegurarle que estaba allí para ella. Era su hombre y el de nadie más. Los labios de Imogene temblaban bajo los de él, separándose cuando la lengua de él trazó el contorno. Entonces, Valentin terminó el beso y se apartó, la miró a los ojos y le hizo una promesa en silencio. Fuera como fuera, la convencería de que su amor tan solo le pertenecía a ella. Saldrían victoriosos y terminarían siendo más fuertes.

Se levantó y le ofreció una mano.

—Duerme en mi cama esta noche.

—No sé, Valentin…

—Solo dormir. Nada más. Quiero tenerte entre mis brazos, sentirte a mi lado.

—Está bien.

Imogene tomó la mano y juntos se dirigieron hacia el dormitorio principal. Mientras ella utilizaba el cuarto de baño, Valentin abrió la cama y, cuando ella regresó, la ayudó a desnudarse.

–Métete en la cama. Yo tardaré un momento –dijo mientras se metía en el cuarto de baño.

Oyó que ella se deslizaba entre las sábanas tal y como le había sugerido. Cuando regresó al dormitorio, la vio con la sábana hasta la barbilla y rígida por la tensión. Se desnudó y se metió en la cama junto a ella. La tomó entre sus brazos y le dio un beso de buenas noches en la nuca.

–Buenas noches, Imogene. Lo solucionaremos.

Ella no respondió y, durante un rato, Valentin empezó a preguntarse si iba a hacerlo.

–Buenas noches –susurró ella por fin.

Valentin sonrió en la oscuridad. Por fin comprendía por qué era tan obstinada en la situación con Clara. Después de lo ocurrido en África y del ejemplo de su propio padre, se sentía vulnerable. Le costaba confiar. Tendría que ganarse su confianza.

Notó que ella se relajaba poco a poco entre sus brazos hasta que, por fin, la lenta respiración indicó que se había quedado dormida. Él permaneció inmóvil durante mucho tiempo, preguntándose si ella se había sentido alguna vez segura con él. Esperó ganarse su confianza, pero no podía dejar de pensar si ella podría ser racional sobre el asunto.

Su primer intento de matrimonio había sido de todo menos racional. Recordó la conversación que había tenido con Carla y lo que le había dicho sobre Imogene. Aquella noche no había sido el momento más adecuado de sacar el tema, pero no podría llegar al fondo del asunto sin hablarlo con ella.

Si pudiera estar seguro de que Carla era la que mentía, no podría volver a confiar en ella. Sería más fácil insistir en que se marchara de Horvath Pharmaceuticals. Sin embargo, ¿qué ocurriría si había estado diciendo la verdad?

Cuando se despertó a la mañana siguiente, Imogene se despertó sola en la cama de Valentin. Hacía mucho tiempo que no dormía tan profundamente. Se estaba estirando cuando Valentin salió desnudo del cuarto de baño. Ella le devoró con los ojos. Para ser alguien que invertía muchas horas en un trabajo sedentario, aún encontraba tiempo para hacer ejercicio. Su cuerpo era muy hermoso. Anchos hombros, estrechas caderas y más abajo... Sintió que la boca se le secaba y tragó saliva.

–Buenos días –dijo él con una sonrisa–. ¿Has dormido bien?

–Muy bien. Gracias.

Imogene se incorporó contra la almohada y tiró de las sábanas para cubrirse al mismo tiempo.

–Por mí no te molestes –bromeó mientras abría un cajón.

Imogene se sonrojó. Aún se sentía incómoda estando desnuda delante de él. Además, después de la conversación de la noche anterior, se sentía demasiado expuesta. Había compartido verdades con él que no le había contado a nadie. Mientras ella se ocultaba bajo las sábanas, Valentin andaba desnudo sin importarle lo más mínimo. ¿Podría interpretar ella aquel detalle como que él era tan abierto y tan sincero con todo, incluso sus sentimientos, como lo era con su cuerpo?

–¿Cuál? –le preguntó él de repente mientras le mostraba una corbata de seda en cada mano.

–Supongo que depende del traje. Y de la camisa –contestó ella, aunque se le estaba ocurriendo una manera en la que podrían utilizar ambas corbatas.

–Azul marino y blanca.

–En ese caso, la de rayas rojas y azules.

–Gracias.

Valentin guardó la otra corbata en el cajón y regresó al cuarto de baño. Imogene oyó que se cerraba la puerta del vestidor que había al otro lado del cuarto de baño y, entonces, se dio cuenta de que el corazón le latía a toda velocidad. ¿Qué había pasado? Su intercambio había sido tan normal y, sin embargo, ella estaba muy nerviosa. Se levantó de la cama y, tras envolverse en la sábana, se marchó a su dormitorio. Se duchó y se vistió con un traje pantalón. Después, fue a la cocina. Valentin ya estaba allí, tomándose un café.

–Esta noche llegaré tarde. Tengo que estar con el nuevo director todo el día. Vamos a visitar los centros de Nueva York y luego pasaremos la tarde en el despacho.

–Gracias por avisarme –dijo él mientras llevaba la taza al fregadero–. Te esperaré.

–No tienes por qué hacerlo –replicó ella–. No sé a qué hora llegaré.

–Claro que sí. Hasta esta noche.

Valentin le dio un beso en los labios y se marchó. Imogene miró hacia el lugar por donde había desaparecido y se preguntó qué era lo que había pasado, pero Dion la sacó de sus pensamientos.

–¿Le apetece una tortilla esta mañana, señora Horvath?

–No, gracias Dion. Solo café.

Dion chascó la lengua para mostrar su desacuerdo mientras le servía un café tal y como a ella le gustaba. Imogene se lo tomó rápidamente y se marchó.

Llegó temprano a su despacho, pero el nuevo director había llegado antes. Ella sonrió, sabiendo que la junta había tomado la decisión correcta al elegir a Eric Grafton. Aparte de tener una excelente reputación, parecía un buen hombre. Estaba casado y tenía dos hijas, por lo que parecía haber encontrado el equilibrio perfecto entre vida personal y profesión. Imogene le envidiaba por ello.

Mientras hablaban de los planes para las semanas venideras, Imogene no hacía más que pensar en Valentin. Le había resultado muy reconfortante dormir entre sus brazos y le daba esperanza de que, por fin, estuvieran en el buen camino.

Las siguientes semanas tuvo que viajar con Eric para visitar los centros de todo el país. No le gustaba tener que estar alejada de Valentin, pero no podía evitarlo. No habían vuelto a dormir juntos desde la noche después de la cena en la casa de sus padres y lo echaba de menos. Sin embargo, no sería por mucho tiempo más. Cuando regresara a las aulas, su horario sería mucho más regular.

El final del periodo de tres meses de su matrimonio estaba a punto de terminar. Pensar en alejarse de Valentin le hacía sentirse físicamente enferma, pero, por lo que sabía, él seguía trabajando con Carla. Por supuesto, comprendía que, si la iba a despedir, tendría que hacerlo adecuadamente. Por mucha antipatía que sintiera por Carla, sabía que no la podía dejar en la calle de la noche a la mañana. ¿Estaba haciendo algo Valentin al respecto o, sencillamente, la situación estaba igual que antes? Decidió que tenía que hablar con él, pero no había tenido oportunidad, tal y como les había pasado en las primeras semanas de su matrimonio, hasta que ella decidió tomar el toro por los cuernos y llevarle la cena a la oficina.

Dejó escapar un sonido involuntario cuando el cuerpo se le tensó como respuesta al recuerdo de aquella noche.

–¿Va todo bien? –le preguntó Eric desde el asiento de al lado del taxi en el que iban desde el aeropuerto a la oficina.

–Bien, gracias –respondió.

Resultaba difícil pensar en aquella noche sin recordar lo que había pasado a continuación y el enfrentamiento que había tenido con Valentin a causa de Carla. Estaban en un *impasse* que no le gustaba en absoluto. Ella iba a tener que tomar una decisión en las próximas semanas, tanto si le gustaba como si no. Quedarse y terminar en la misma situación que su madre, porque no le quedaba duda alguna de que Carla Rogers no renunciaría a Valentin, o marcharse.

Imogene sintió que el estómago le daba un vuelco cuando aceptó que, si era sincera consigo misma, le quedaba solamente una opción. Admitirlo le rompió el corazón.

Capítulo Trece

La echaba de menos.

Ver cómo Imogene trabajaba tantas horas y llegaba a casa tarde y cansada, le recordó lo que había tenido ella que soportar los primeros días de matrimonio. Se prometió que trataría de tener un horario de trabajo más regular y que animaría a su personal a hacer lo mismo.

Sin embargo, a nivel personal, los días de separación estaban pasándoles factura: estaban ampliando el abismo que los separaba cada vez más. No tenían oportunidad de hablar. Habían pasado de tratar de construir un matrimonio a vivir como un par de compañeros de piso. Había empezado a perder los nervios con facilidad y se había vuelto taciturno incluso con Dion.

Se acercó a la ventana, desde la que se divisaba el parque, y suspiró. Aquel comportamiento irracional y cambiante no era propio de él. Lo peor de todo era que sabía perfectamente por qué se estaba comportando así. Temía que su matrimonio estuviera muriendo incluso antes de tener la oportunidad de existir. Tenía que hacer algo, pero ¿qué? ¿Cómo podía recuperar un hombre a su esposa cuando apenas pasaban tiempo juntos?

De repente, se le encendió una bombilla. Ella le había llevado la cena al trabajo. Lo menos que podía hacer por ella era corresponderla.

–¡Dion! –gritó mientras salía de su despacho.

–¿Sí, señor Horvath? –le preguntó el mayordomo mientras salía al pasillo procedente de la cocina secándose las manos en el delantal.

–Lo primero, quiero disculparme contigo por cómo te he estado tratando últimamente.

–No pasa nada, señor. Sé que echa de menos a la señora Horvath.

–¿Sí?

–Por supuesto. Es natural. Ella también le echa de menos, pero, si me permite que le diga mi opinión, ninguno de los dos sabe muy bien lo que hacer al respecto.

–Tienes razón –afirmó Valentin–. Hemos estado casados antes y todo salió mal. Ahora, creo que los dos somos demasiado cautelosos como para comprometernos plenamente.

–Es comprensible, señor. Nadie se casa esperando o deseando que le vuelvan a hacer daño. Sin embargo, el amor supone vulnerabilidad y, en un momento dado, hay que rendirse para dar una oportunidad al amor.

–Eres muy sabio, Dion. Debes de echar mucho de menos a tu esposa.

–Cada instante del día, señor. Ahora, ¿qué era lo que deseaba?

–Pensé que podría devolver el favor a Imogene y llevarle la cena al trabajo.

Una enorme sonrisa arrugó aún más el rostro de Dion.

–Una idea excelente, señor. Me pondré con ello enseguida.

Dion siempre cumplía su palabra. En menos de una hora, tenía una fragante cena de espaguetis a la boloñesa con ensalada y una barra de pan recién hecho.

—¿Quiere utilizar el carrito, señor, o prefiere la nevera?

—Creo que prefiero la nevera, pero tal vez podría llevar un mantel o algo así.

—Tengo justo lo que está pensando, señor.

Quince minutos más tarde, Valentin estaba en el ascensor del edificio donde estaba el despacho de Imogene. Cuando la puerta se abrió, dejó al descubierto una oficina de diseño abierto, con varios despachos individuales alineados contra la pared exterior. No había nadie y la iluminación era muy tenue, pero en uno de los despachos Valentin notó que había luz. Se dirigió hacia allí mientras pensaba que debería haber mostrado más interés por el trabajo de Imogene y sus oficinas. Tenía que esforzarse más en lo sucesivo.

Con esa promesa en el pensamiento, llegó a la puerta del despacho y miró en el interior. Sobre el escritorio que había junto a la ventana, había dos cabezas muy juntas. Demasiado juntas. De repente, comprendió lo que Imogene había estado pasando por el hecho de que él trabajara con Carla. Los celos se apoderaron de él y le atravesaron como un cuchillo. Debió de hacer algún ruido porque, simultáneamente, las dos cabezas se levantaron y lo miraron. Al principio, Imogene pareció atónita, pero luego se puso muy contento de verlo allí.

—Valentin, ¡qué agradable sorpresa! —exclamó mientras rodeaba el escritorio y se acercaba rápidamente a él.

Sin embargo, cuando llegó junto a él dudó, como si no estuviera segura de lo que debería hacer a continuación. Dado el distanciamiento que estaban padeciendo, no era de extrañar. Valentin dejó la bolsa y la tomó entre sus brazos para darle un breve beso en la mejilla antes de soltarla.

–Pensé traerte la cena –le dijo mirándola directamente a los ojos y tratando de decirle sin palabras que estaba haciendo todo lo posible para reconstruir el puente que se había roto entre ellos.

–Es muy considerado por tu parte. Eric y yo estábamos diciendo precisamente que teníamos que terminar lo que estamos haciendo. Eric, ven a conocer a mi esposo.

Eric se acercó con la mano extendida. Valentin hizo todo lo posible por mantenerse cortés, pero le costó. Aquel era el hombre con el que Imogene pasaba muchas horas, con el que viajaba. El hombre con el que, en realidad, pasaba más tiempo del que estaba en casa. Resultaba difícil no sentir envidia, en especial cuando resultaba evidente que estaban muy unidos.

–Su esposa es una gran mujer –dijo Eric después de las presentaciones–. Me he quedado atónito por lo que ha conseguido con su negocio y es un honor para mí haber sido elegido para sustituirle como director de esta empresa.

–Efectivamente, es una gran mujer –afirmó Valentin. Le habría gustado añadir que era su mujer.

Eric pareció notar la tensión y se volvió a Imogene.

–Os dejo que cenéis. Ya volveremos a esto por la mañana. Mi esposa y mis hijas me estarán esperando.

Añadió aquel último dato mirando a Valentin, como si le estuviera asegurando que no estaba tratando de seducir. Valentin asintió como reconocimiento.

–Gracias, Eric –dijo Imogene mientras miraba a ambos hombres como si se estuviera dando cuenta de lo que estaba pasando entre ellos.

Cuando Eric se machó, Imogene se volvió a mirar a Valentin.

–¿Qué ha sido eso?

–Jamás me dijiste que tu nuevo director es alto, moreno, guapo y encantador –contestó él antes de que pudiera contenerse.

Para su sorpresa, Imogene se echó a reír.

–Estás tomándome el pelo, ¿verdad? También está casado, tiene dos hijas y yo no le intereso lo más mínimo. De hecho, es una bocanada de aire fresco, porque no me ve exclusivamente como a una mujer, sino como a una igual en el trabajo.

Valentin la volvió a tomar entre sus brazos.

–¿No te ve como una mujer? En ese caso, debe de pasarle algo muy grave, porque eres muy hermosa.

Inclinó la cabeza y capturó los labios de Imogene con los suyos. En ese instante, comprendió que había hecho lo correcto al ir allí aquella noche. Necesitaba que su esposa supiera lo que sentía por ella. Terminó el beso y, de mala gana, la soltó.

–¿Tienes hambre? –le preguntó mientras se inclinaba para tomar la nevera del suelo.

–Estoy muerta de hambre. No recuerdo la última vez que comí algo.

–Pues tienes que cuidarte mejor –dijo él–. No. Tengo que cuidarte mejor.

–Soy una mujer adulta, Valentin. Puedo cuidarme sola.

–De eso se trata precisamente. No tienes que hacerlo todo tú sola. Estoy aquí para cuidar de ti.

–¿Sí? –le preguntó en tono dubitativo–. Sé que ahora estás aquí, pero, ¿de verdad vas a estar pendiente de mí siempre?

Imogene tenía todo el derecho del mundo a hacerle esa pregunta. Él lo sabía y, con toda sinceridad, no podía decir que lo hubiera estado hasta entonces.

–Mira, los dos tenemos que esforzarnos mucho en nuestra relación. Tienes que confiar en mí un poco más –dijo. Entonces, decidió sincerarse por completo–. No me ha gustado verte aquí con Eric esta noche…

–Valen…

–No, por favor, déjame hablar. Yo me negaba a comprender lo que sentías por Carla y ahora lo veo. He sido un idiota.

–No creo que puedas comprenderlo –afirmó ella mientras arrugaba la frente–. Verme trabajar con el hombre que va a sustituirme, un hombre que no forma parte de mi vida, no es nada comparado con el hecho de que tú sigas trabajando con una mujer con la que en el pasado tuviste relaciones íntimas. Una mujer que está haciendo todo lo posible por destruirme.

Valentin tragó saliva. Imogene tenía razón. Si Eric hubiera sido una parte del pasado de Imogene, seguramente hubiera entrado en aquel despacho buscando pelea con el nuevo director. Una parte primitiva de su cerebro había entrado en acción al verlos a los dos juntos, aunque había sido sin razón.

–Tienes razón –admitió él tragándose su orgullo–. Tal vez nunca comprenda del todo el daño que te he hecho, pero quiero que quede claro que no quiero que vuelvas a sufrir así. Voy a hablar con el departamento legal de Horvath mañana por la mañana para ver qué es lo que se puede hacer para rescindir el contrato de Carla o trasladarla lejos de Nueva York. Tú eres la persona más importante de mi vida y tu felicidad es mi objetivo.

Vio que los ojos de Imogene se llenaban de lágrimas. Aquella reacción le hizo ver lo mucho que aquel gesto significaba para él y la poca atención que le había prestado a aquel hecho. Había dado por sentado que estaba celosa y sí, probablemente así era, pero tenía motivos. Valentin lo había pasado por alto y había puesto los intereses de su empresa por encima de los de su esposa.

–Te amo, Imogene. Créeme.

–Te creo –susurró ella.

Valentin volvió a besarla y la estrechó contra su cuerpo, donde ella parecía encajar perfectamente. El abrazo fue tierno, una afirmación de su compromiso el uno con el otro. Cuando se separaron, Valentin sintió que habían forjado un nuevo vínculo más fuerte que el anterior, un vínculo que soportaría la prueba del tiempo.

Imogene miró a su esposo. Vio su sinceridad y sintió que la esperanza llenaba el vacío que había ocupado el lugar de su corazón desde que Carla Rogers los sorprendió juntos. Tal vez podrían conseguir que aquella relación funcionara. Antes de que pudiera decir nada, el estómago le sonó ruidosamente. Valentin se echó a reír.

–Supongo que esa es la señal para que sirva la cena –dijo.

–Supongo que sí –respondió ella. Se sentía más ligera de lo que se había sentido en mucho tiempo.

–¿Dónde nos sentamos?

–Hay una mesa de reuniones allí o si no, en la mesita de café –añadió mientras señalaba un sofá enfrente de una mesa de café y dos butacas.

–Pues la mesa de café.

Imogene observó cómo él lo colocaba todo y se sintió un poco más enamorada de él.

–¿Lo ha hecho Dion? –preguntó ella. Se había sentado en el sofá y aceptó una copa de vino que Valentin le ofreció.

–No creo que quieras probar lo que yo cocino –replicó él–. Sí, Dion de nuevo al rescate.

–Gracias a Dios que tenemos a Dion –murmuró ella–. ¿Hacemos un brindis?

–¿Por nosotros?

–Por nosotros –afirmó ella mientras entrechocaban las copas antes de dar un sorbo de vino.

–Deja que cuide de ti –le dijo Valentin tras dejar su copa sobre la mesa.

–Pues no te voy a decir que no –replicó ella–. Ha sido un día muy largo.

–Cuéntame. No sueles hablarme de tu trabajo.

–No sueles preguntarme.

–Lo siento. Me esforzaré más en el futuro. Te lo prometo. Quiero ser el esposo que te mereces.

–Lo estás haciendo muy bien –admitió ella mientras aceptaba un plato de espaguetis que él le ofrecía.

–No. Pero lo haré. Ten paciencia.

Imogene se alegró.

Mientras cenaban, le contó a Valentin lo que había hecho aquel día y, poco a poco, Imogene se fue relajando. Además, él había puesto música en el Ipod que ella tenía y, cuando terminaron de cenar, la hizo ponerse de pie.

–Quiero bailar contigo, Imogene.

Ella sonrió a modo de respuesta.

–Me encantaría.

Valentin la tomó entre sus brazos y comenzaron a moverse juntos, muy suavemente. Fue muy hermoso e hizo prender la familiar necesidad que ardía en lo más profundo de ella. Sin embargo, las inseguridades aún frenaban sus impulsos. Amaba a Valentin y le encantaba estar con él, pero hasta que él no hubiera resuelto por completo la situación con Carla, no sentía que pudieran avanzar juntos.

Él comenzó a besarle delicadamente la curva del cuello y le provocó un temblor de fuego líquido que le abrasaba el cuerpo.

¿No confiaba en Valentin o en Carla Rogers? Definitivamente en la última, pero eso no significaba que Valentin estuviera fuera de toda duda. Le había hecho promesas aquella noche, promesas que seguramente iban a ser un desafío.

A pesar de todo, se entregó al hombre que la tenía entre sus brazos, el único hombre que tenía la habilidad de conseguir que la sangre le ardiera de deseo. El único hombre al que había amado.

Cuando Valentin comenzó a acariciarle la espalda y a juguetear con la cremallera del vestido, le susurró un «sí» dulcemente al oído antes de mordisquearle el lóbulo de la oreja. Fue lo único que él necesitó para desabrocharle el vestido. La sensación de las cálidas y anchas manos sobre la piel desnuda era una tentación y un gozo increíbles. Con los dedos de una mano, él le desabrochó el sujetador y luego le bajó el vestido de los hombros. Le ayudó a sacar los brazos de las mangas y dejó que el sujetador y el vestido cayeran al suelo a sus pies. El cuerpo de Imogene vibraba de necesidad de que él la tocara y la saboreara por todas partes.

—Echa el pestillo de la puerta —le dijo ella mientras recogía el vestido del suelo.

Valentin lo hizo rápidamente y volvió a su lado.

—Eres tan hermosa —le dijo mientras la miraba dulcemente.

Le recorrió cada centímetro de su piel y comenzó a deslizarle los dedos por el liguero y, después, por las medias. Imogene apenas podía tragar, tal era la intensidad del deseo que se había apoderado de ella.

—Te deseo, Valentin... Hazme el amor.

—Tus deseos son órdenes para mí.

La tomó en brazos y la llevó al sofá del que acababan de levantarse. La colocó allí antes de quitarse él la ropa con tan pocos movimientos que ella quedó impresionada.

—Jamás me imaginé que te podías mover tan rápidamente —bromeó.

—Con los incentivos adecuados, puedo hacer cualquier cosa —replicó él con una sonrisa mientras se colocaba encima de ella.

Le cubrió los senos con unas caricias tan suaves como una pluma. A Imogene se le puso la piel de gallina y los pezones se irguieron hasta lo imposible. Valentin fue acariciándole cada vez más abajo para desabrocharle el liguero. Entonces, fue enrollándole las medias delicadamente para bajárselas por las piernas. Al llegar a cada pie, se lo masajeó sensualmente, provocándole intensas oleadas de placer. A continuación, volvió a subir poco a poco, con caricias firmes y seguras. Suavemente, le masajeó las pantorrillas, los muslos y, por fin, llegó a las braguitas. Se las bajó y la dejó completamente desnuda. Imogene tembló de anticipación cuando las manos le cubrieron el trasero y él se inclinó para deslizarle la lengua por el muslo y luego por la curva con la que se juntaba a la entrepierna. Después, hizo lo mismo con la otra pierna.

–Valentin, me estás volviendo loca.

–¿Quieres que pare?

–No, no pares. Hagas lo que hagas, no pares…

Oyó que él se echaba a reír y levantó la cabeza para mirarlo. Los ojos de Valentin se habían oscurecido y brillaban de deseo y de amor. Ella lo adoraba… Adoraba lo que le hacía sentir, lo que le hacía…

–Te ruego que no pares –reiteró con una voz apenas audible.

Sin apartar la mirada de la de ella, él bajó la boca hasta la de ella y la deslizó por el clítoris.

–¿Así? –le preguntó.

–Así –consiguió ella decir.

–O tal vez así…

Apretó la boca contra su feminidad y aspiró suavemente y rítmicamente. Imogene cerró los ojos involuntariamente y echó la cabeza hacia atrás sobre los cojines. Las sensaciones se fueron apoderando de su cuerpo hasta que llegó al punto más álgido del placer. Entonces, se dejó llevar. Su cuerpo temblaba con un gozo tan extremo que amenazaba con hacerle perder la conciencia. Cuando el placer comenzó a remitir, ella sintió que Valentin se movía de nuevo. Oyó que abría un preservativo y se lo colocaba. Entonces, notó el pene apretándose contra los húmedos labios de su sexo. Sintió cómo su cuerpo se estiraba para acomodarse a él. Levantó las piernas a pesar de que las sentía muy débiles, como si fueran de gelatina, y hundió los talones en el trasero de él para poder levantar mejor las caderas y permitir que él se hundiera más profundamente dentro de ella. Entonces, gimió con una nueva oleada de placer.

–Así… –gimió– justo así…

Valentin la besó profundamente, recorriéndole la boca con la lengua, y empezó a mover las caderas. Al principio, lo hizo muy lentamente, luego más rápido, hasta que el punto más álgido de la unión los sobrepasó a ambos.

–No puedo contenerme –gruñó él contra los labios de Imogene.

–No quiero que lo hagas –replicó ella.

Le agarró con fuerza por los hombros cuando empezó a experimentar el segundo orgasmo. Fue diferente del primero, más fuerte y más profundo.

Sintió que el cuerpo de Valentin se tensaba cada vez más. Se le escapó un grito de la garganta y su cuerpo entero se tensó y se sacudió, empujado por el poder del clímax. Al sentir que ella llegaba también, se echó a temblar con una sensación de gozo físico tan intenso, tan incomprensible por su fuerza, que supo que el vínculo que la unía a Valentin se hacía en aquellos momentos eterno.

Capítulo Catorce

Aquella noche habían quedado con Alice Horvath para cenar. Imogene estaba un poco preocupada por cómo iría todo. Valentin se habían enojado mucho por haber sido manipulado por su abuela en aquel matrimonio, pero Imogene tenía que admitir que, aunque también se había enfadado al principio y las cosas no habían sido fáciles, lo estaban solucionando. Era algo que jamás habrían conseguido solos. Cuanto más tiempo estaba Imogene con Valentin, más sabía que él era el único hombre para ella. Solo deseó poder estar segura al cien por cien de que él sentía lo mismo.

Sabía que había tenido reuniones con el equipo de Recursos Humanos y con los abogados de su empresa para tratar la situación de Carla, pero, por lo que ella sabía, Carla seguía muy implicada en el día a día de Valentin. Suspiró con resignación y salió del vestidor con dos vestidos en las manos.

–¿Cuál? –le preguntó a Valentin.

–El verde. Me gusta cómo te destaca los ojos.

Ella se echó a reír.

–No me lo has visto puesto. ¿Cómo sabes que hace destacar mis ojos?

–Confía en mí. Soy un hombre y sé estas cosas –respondió él tranquilamente antes de darle un beso en los labios–. Por cierto, quería decirte que hoy hemos tenido una reunión en el trabajo. Mi equipo de abogados y un representante de Recursos Humanos y yo, por un lado, y Carla y su abogado, por otro. Ella ha aceptado un finiquito muy generoso y va a dejar Horvath Pharmaceuticals inmediatamente. Pensé que querrías saberlo.

Imogene se sintió abrumada. Lo había hecho. Por ella. Por ellos.

–Valentin… No sé qué decir…

–Con gracias basta. Y tal vez un beso… –sugirió él con una sonrisa.

Imogene hizo las dos cosas. Lanzó los dos vestidos a la cama y corrió para saltar sobre él.

–Gracias –susurró cuando se separaron.

–Siento haber tardado tanto tiempo. Tal vez ahora podamos empezar de cero…

–Sí, me gustaría –replicó Imogene.

–Bien. Ahora, terminemos de arreglarnos. Si hay algo que mi madre no puede soportar, es la falta de puntualidad.

Imogene se colocó delante del espejo y se dio cuenta de que él tenía razón. El vestido verde hacía que los ojos le brillaran. O tal vez era él. Habían pasado dos semanas desde que él fue a su despacho aquella noche. Dos semanas con la clase de matrimonio que siempre había querido. Dos semanas llenas de esperanza, amor y planes para un futuro que había empezado a creer que nunca disfrutaría. Sin la sombra de Carla en sus vidas, sabía que lo conseguirían.

Cuando llegaron al restaurante del Waldorf, Alice ya estaba sentada en la mesa.

–Parecéis felices –dijo con una sonrisa.

–Lo somos –contestó Imogene–, pero tenemos que seguir trabajando.

–En el matrimonio siempre hay que seguir trabajando. Y así debe ser –observó Alice–. Pareces menos estresado, hijo mío.

–Gracias, Nagy. Y tú estás tan guapa como siempre.

Su abuela se sonrojó por el cumplido, pero Imogene notó que Alice no tenía tan buen aspecto como hacía tres meses.

Centraron la conversación en asuntos más generales, entre los que se incluía Galen, el hermano de Valentin.

–Está enfrentándose a la paternidad mucho mejor de lo que esperaba –admitió Alice después de tomar un sorbo de champán–. Ellie es una niña encantadora. Evidentemente, echa de menos a sus padres, pero adora a Galen. Sin embargo, tiene miedo de que también se lo arrebaten inesperadamente, como le ha ocurrido con sus padres.

–Supongo que es comprensible –dijo Valentin–. Nadie podría haber previsto que perdería a su padre y a su madre de esa manera.

–Sí, pero Galen se lo está tomando muy en serio. Me ha pedido que le encuentre una esposa. Una mujer que quiera una familia ya formada.

Imogene vio cómo Valentin se reclinaba sobre el asiento y miraba atónito a su abuela.

–¿Una esposa? Galen no… Al menos no a través de Matrimonios a Medida.

–¿Y por qué no? –replicó Alice, visiblemente molesta.

–No es para Galen. Tiene mucho encima y tienes que admitir, abuela, que los dos emparejamientos que has hecho con miembros de la familia no empezaron muy bien.

Valentin se estaba refiriendo a su primo Ilya y a Yasmin. Valentin tenía razón. Observó la pétrea expresión del rostro de Alice, la misma con la que seguramente se había ocupado en su día de Horvath Corporation. Decían que se había ocupado de la empresa con mano de hierro en guante de seda y que nadie se había atrevido a llevarle nunca la contraria.

Alice miró a su nieto.

—¿Estás diciendo que los dos estáis en crisis?

Valentin e Imogene se miraron.

—No ha sido fácil…

Alice sorbió por la nariz.

—Como he dicho antes, hay que trabajar constantemente en el matrimonio. ¿Acaso estáis tirando la toalla?

—Por supuesto que no —se apresuró a asegurarle Valentin.

—En ese caso, ¿por qué no iba a poder Galen encontrar su media naranja? —preguntó irritada por el hecho de que Valentin hubiera tenido las agallas de sugerir que no podría encontrarle esposa a Galen.

El ya familiar dolor en el pecho se apoderó de ella. No tenía tiempo para eso. Se sentía furiosa también por el hecho de que, la que se suponía iba a ser una cena de celebración, hubiera empezado con tan mal pie.

—No creo que Matrimonios a Medida sea la herramienta adecuada para que Galen encuentre la felicidad —insistió Valentin.

—Bueno, menos mal que él no es de la misma opinión. Ya estoy examinando nuestra base de datos para encontrar una candidata adecuada. Ahora

–dijo, indicando que no deseaba seguir hablando del tema–, concentrémonos en el propósito de esta velada.

–¿Y es? –le preguntó Valentin.

Alice observó la nariz de su nieto, larga y recta, la misma de Eduard, su difunto esposo. En momentos como aquel, cuando veía reflejos de su esposo en la gran familia que habían creado, Alice lo echaba de menos terriblemente. El dolor del pecho se hizo un poco más fuerte.

–Para celebrar que estáis a punto de cumplir tres meses de matrimonio, por supuesto. A menos que hayáis venido aquí esta noche para decirme que os vais a separar.

Los miró a ambos fijamente, desafiándoles a refutar las pruebas que ella había visto con sus propios ojos cuando entraron juntos al restaurante. Había visto la solicitud con la que Valentin había ayudado a su esposa a quitarse el abrigo y el modo en el que Imogene le había mirado. No se trataba de una pareja que estuviera a punto de separarse.

–Por supuesto que no, señora Horvath –se apresuró Imogene a asegurarle.

–Imogene, llámame Alice o Nagy. Ahora somos familia –le instruyó a su nieta política con una sonrisa de benevolencia–. Entonces, estamos de celebración, ¿no?

Para alivio de Alice, los dos intercambiaron una profunda mirada y luego asintieron. El dolor del pecho se le alivió un poco, lo que le permitió poder respirar más profundamente.

–Bien –dijo ella–. En ese caso, propongo un brindis. Por Imogene y Valentin y su largo, feliz y esperemos que fructífero matrimonio.

–Vaya, ¡qué encantador es todo esto!

Alice se interrumpió a medio sorbo cuando notó que una mujer se había detenido junto a la mesa. Era hermosa, pero con una dureza en el rostro desagradable. Alice se sintió muy incómoda y miró a Valentin y a Imogene para ver si ellos tenían idea alguna de quién era. Vio que Imogene la miraba con incredulidad y que Valentin parecía estar furioso.

–Lo siento –dijo Alice al ver que ninguno de los dos hablaba–. Estoy en desventaja. Soy Alice Horvath. ¿Usted es?

–Carla Rogers –respondió la otra mujer–. Pregúntele a Valentin. Él me conoce bien.

–Carla, te ruego que te marches. Es una cena familiar privada –le dijo secamente Valentin–. Ya hemos dicho todo lo que nos teníamos que decir en la reunión de hoy.

–Tal vez tú. Sin embargo, creo que hay un pequeño detalle que tu esposa debería saber –replicó Carla con firmeza. Entonces, se colocó la mano sobre el vientre y miró a Imogene–. Te ruego que hagas lo que debes. Su hijo se merece saber quién es su padre, y no que no quiso saber nada de él.

El dolor que Alice sentía en el pecho se multiplico por diez al escuchar las palabras de aquella horrible mujer. ¿Aquella mujer estaba esperando un hijo de Valentin?

Imogene se puso de pie bruscamente, haciendo que su silla cayera al suelo.

–No –susurró horrorizada. Se volvió a Valentin, que parecía igualmente atónito–. ¿Está embarazada? ¿Es tuyo? ¿Así es como ibas a solucionar este asunto? Te creí cuando me dijiste que se había terminado. No voy a tolerar esto. Es la gota que colma el vaso. ¡No puedo seguir en un matrimonio lleno de mentiras!

—Es ella la que está mintiendo, Imogene. Yo te dije la verdad —afirmó él poniéndose de pie también. Trató de agarrar por el brazo a su esposa, pero ella dio un paso atrás.

Alice también se puso de pie a pesar de que las piernas le temblaban. Cada vez le costaba más respirar porque cada vez era mayor la presión que sentía en el pecho.

—Imogene, te ruego que esperes —le ordenó Alice agarrándola del brazo para que se detuviera. Entonces, dirigió su atención a la recién llegada—. Y usted, señorita Rogers, déjenos a solas un instante. No es bienvenida aquí.

Eso fue todo lo que consiguió decir antes de que el dolor resultara insoportable. Ya no podía respirar y los rostros de los que le rodeaban comenzaron a desvanecerse antes de desaparecer por completo cuando se desmoronó lentamente en el suelo del restaurante.

Imogene hizo lo posible por sostener a Alice, pero estaba desprevenida, lo único que pudo hacer fue evitar que cayera a plomo al suelo. Oyó que Valentin gritaba:

—¡Nagy!

Él se movió rápidamente hacia su abuela. Imogene permaneció inmóvil donde estaba. Se había dado cuenta inmediatamente de que, posiblemente, la abuela de su esposo se estaba muriendo de un ataque al corazón ante sus ojos. Valentin miró a Carla, que estaba a un lado observando la escena con una total inexpresividad en el rostro.

—Carla, necesito que me ayudes. Yo hago compresiones y tú le haces la respiración –le ordenó.

Sin pararse a mirar si Carla había seguido sus indicaciones, tumbó de espaldas a Alice sobre el suelo del restaurante y le comprobó el pulso antes de empezar el masaje cardiaco al mismo tiempo que miraba a Carla. Imogene se dijo que era lógico. Después de todo, Carla era médico y habían trabajado juntos en África. Sin embargo, Carla se dio la vuelta y se empezó a dirigir hacia la puerta. Imogene la interceptó.

—¡Ayúdale! –exclamó–. ¡Te necesita!

—No me necesita. Te ha elegido a ti –respondió con amargura. Entonces, siguió andando.

—Eres médico. ¡No puedes marcharte! –le gritó a la espalda de Carla.

Ella miró por encima del hombro.

—Pues mira cómo lo hago –dijo fríamente mientras seguía avanzando hacia la puerta.

Imogene miró a Valentin, que no dejaba de realizar compresiones sobre el frágil torso de Alice, haciendo que el corazón siguiera latiendo cuando ella ya parecía haberse rendido. Regresó junto a la mesa y se arrodilló en el suelo frente a Valentin.

—He hecho reanimación, pero en un muñeco –le dijo con voz temblorosa–. Dime exactamente lo que quieres que haga.

Sin romper el ritmo, Valentin le dio a Imogene instrucciones muy claras.

—¿Dónde está Carla? Le pedí ayuda –comentó mientras miraba a su alrededor.

—Se marchó del restaurante justo después de

que Alice cayera al suelo –respondió Imogene entre respiración y respiración–. No importa. No la necesitas aquí.

Imogene trató de dejar atrás la sensación de que era segundo plato en la vida de su esposo. Tal vez Carla estaba esperando un hijo suyo, pero no estaba allí cuando él más la necesitaba.

Por fin llegaron los servicios de Urgencias. Valentin explicó lo ocurrido y se apartó para que el equipo pudiera utilizar el desfibrilador. No se relajó hasta que oyó las palabras mágicas.

–Tenemos pulso.

Imogene se acercó a Valentin. A pesar de todo lo ocurrido, deseaba reconfortarlo.

–Se va a poner bien, Valentin.

–No puedo perderla, no por esto –susurró con la voz rota mientras los paramédicos colocaban a Alice sobre una camilla.

–Y no la vas a perder. Vete ahora. Ve con ella.

Valentin dudó. Agarró las manos de Imogene y la miró febrilmente a los ojos.

–Imogene, Carla estaba mintiendo. No está esperando un hijo mío. Es imposible. Te lo prometo.

–Eso no importa ahora.

–Importa que me creas. Por favor, dime que me esperarás, que no te precipitarás en hacer nada hasta que hayamos hablado.

–No me voy a ir a ningún sitio. Todavía no.

–Señor, ¿va a venir con nosotros en la ambulancia? –le preguntó un miembro del equipo de emergencia.

–Sí, soy médico y voy a ir con mi abuela –respondió. Entonces, se volvió a mirar a Imogene una vez más–. Por favor, espérame –le suplicó antes de darle un urgente beso en los labios y salir corriendo detrás de la camilla.

Imogene se quedó allí de pie, casi sin darse cuenta de que los que le rodeaban le estaban preguntando si se encontraba bien.

–Señora, ¿quiere que pidamos un coche para que la lleve a su casa? –le preguntó el gerente del restaurante–. ¿O tal vez al hospital?

–Yo… Puede llamar a nuestro chófer a este número.

Rebuscó en el bolso el número y se lo dio al gerente.

Sintió la necesidad de respirar el aire frío de la noche y decidió salir a la calle. De repente, una sombra la asustó y ahogó un gruñido de incredulidad cuando Carla se materializó a su lado.

–¿No te parece que has hecho ya suficiente daño? –le espetó.

–Y eso me lo dices tú. Tu matrimonio no es nada. Valentin me ama a mí. Siempre me ha amado y siempre me amará. Aún seguiríamos juntos si tú no hubieras vuelto a aparecer en su vida. No tienes ni idea de lo mucho que me he esforzado para recuperarle. Lo paciente que he sido.

–Tal vez el hecho de que tuvieras que esforzarte tanto era indicativo de que él no correspondía tus sentimientos.

–No importa lo que digas. Me ama. Lo sé. Y ahora, con el bebé, creo que ha llegado el momento de que te hagas a un lado y le dejes. Esta vez para siempre.

Imogene miró a Carla y se quedó atónita al ver el brillo poco natural que tenía en los ojos. Sus palabras eran las de una loca, no la firme y tranquila doctora que ella había conocido en África ni la inteligente jefa de investigación y desarrollo que Valentin consideraba. Tal vez el hecho de perder su puesto en Horvath Pharmaceutical le había hecho perder la cabeza por completo.

Sin embargo, a pesar de lo que sintiera por ella, Carla estaba embarazada y estaba allí, sin abrigo y, a juzgar por el modo en el que estaba en la acera, sin medio de transporte. Evidentemente, necesitaba ayuda.

–Puedo conseguirte ayuda, Carla. Creo realmente que la necesitas, pero, lo primero de todo, deja que te lleve a casa.

–¿Por qué? –replicó Carla–. Me he acostado con tu esposo. Estoy haciendo todo lo posible para romper de nuevo tu matrimonio. ¿Por qué eres amable conmigo?

Imogene miró a Carla y, al ver que su coche se acercaba, le habló tranquila y firmemente.

–Porque necesitas ayuda y porque no estoy totalmente segura de creerte –añadió–. Ahora, deja que te lleve a casa –Carla se echó a llorar–. Vamos, Carla. Mi chófer ya está aquí. Vamos –le rodeó la cintura con el brazo y la condujo hasta el asiento trasero del coche–. Vamos a hacer un pequeño desvío, Anton. Vamos a llevar primero a casa a la señorita Rogers.

–¿Y el señor Horvath?

–Su abuela ha tenido un ataque al corazón. Se ha tenido que ir al hospital con ella.

Anton expresó su preocupación antes de arrancar de nuevo el coche.

–Carla, dale a Anton tu dirección.

–No hace falta, señora Horvath. Ya la conozco

–replicó Anton antes de que Carla pudiera responder.

Imogene se quedó de piedra. Casi no podía respirar ante las implicaciones que tenía aquel comentario. ¿Significaba eso que llevaba a Valentin con frecuencia a casa de Carla? ¿Que todo lo que había salido de sus labios era mentira? ¿Que no quería ni podía dejar escapar a Carla de su vida?

Trató de tragar el nudo que se le había hecho en la garganta y sintió que los ojos se le llenaban de lágrimas. Aunque hubiera decidido ayudarla, no iba a mostrar debilidad delante de ella.

Carla iba apoyada contra la puerta. Había dejado de llorar y ya solo sollozaba de vez en cuanto. A pesar de la oscuridad, Imogene vio que levantaba la cabeza y la miraba.

–Lo siento –dijo con voz entrecortada.

–¿De verdad? –replicó Imogene mientras trataba de mantener la voz neutral, lo que no le resultó nada fácil–. ¿Qué es lo que sientes?

–Todo. África. Aquí. Esta noche.

Imogene guardó silencio esperando que así podría conseguir que Carla siguiera hablando. Buscó en su bolso unos pañuelos y se los dio en silencio.

Carla los aceptó dándole las gracias en voz muy baja. Después de unos minutos, terminó de secarse el rostro y se sonarse la nariz y se incorporó en el asiento.

–No estoy embarazada –declaró.

Imogene sintió que un profundo alivio le recorría todo el cuerpo. Había empezado a sospechar que Carla lo había estado fingiendo todo en un último y desesperado esfuerzo por conseguir apartarla de Valentin. Decidió seguir guardando silencio, dado que ni siquiera se atrevía a hablar. Además, aún tenía que saber por qué Anton conocía la dirección de la casa de Carla.

—Mentí cuando sugerí que Valentin era mi amante aquel día en África. Él estaba aún en el trabajo. Yo me había llevado a uno de los médicos a vuestra casa. Sabía que tú te presentarías en algún momento y quería utilizarlo en mi ventaja.

—¿Qué esperas que diga? —le espetó Imogene. Se sentía furiosa.

—No lo sé... Espero que algún día podrás perdonarme...

—No sé si voy a poder —dijo Imogene. Sentía los labios fríos e inmóviles.

Tantos años perdidos. Tanta infelicidad. Y todo por una mentira.

—Lo comprendo. Si la situación fuera a la inversa, yo no podría —dijo. Se rebulló en el asiento y se ahuecó el cinturón de seguridad con una mano—. Valentin fue el único hombre que me ha dejado. Eso solo hizo que yo le deseara aún más. Por supuesto, ha habido otros después de él, pero nadie ha podido igualarle. Siempre ha sido mi objetivo.

—Hablas de él como si no tuviera elección en el asunto. Como si fuera algo que adquirir, y no un hombre de carne y hueso al que amar y cuidar.

Carla apartó la mirada de Imogene y la dirigió a la ventana.

—Tú lo amas, ¿verdad? —dijo. Prosiguió sin esperar que ella contestara—. Él nunca dejó de amarte, ¿sabes? A través de los años, ha rechazado mis atenciones y las de cualquier otra mujer que se atreviera a insinuársele. Tú siempre fuiste la única para él. Eso me volvía loca. No se me da muy bien perder, como seguramente ya has comprendido. Espero que me creas cuando te digo que lo siento mucho por los dos.

Imogene dejó que las palabras de Carla atravesaran lentamente la coraza de hielo con la que se había rodeado. Entonces, se dio cuenta de que Anton se había detenido delante de un edificio de apartamentos en Greenwich Village.

—No te volveré a molestar —dijo Carla—. Gracias por traerme a casa.

Antes de que Imogene pudiera decir nada, Carla se bajó del coche y se dirigió hacia la entrada del edificio. Cuando desapareció de su vista, Imogene cruzó la mirada con la de Anton a través del espejo retrovisor.

—¿Crees que estará bien? —le preguntó.

—Es una mujer muy dura. Lo superará —respondió él—. Y, dado que no he podido evitar escuchar la conversación, solo quiero aclararle una cosa. El señor Horvath jamás acompañó a la señorita Rogers a su apartamento.

—Lo sé —concedió Imogene.

Después de aquella conversación, lo único que tenía que hacer era reconciliarse con su esposo.

Capítulo Quince

Imogene entró en su apartamento y se sintió vacía. Todas las noches, durante las últimas semanas, Valentin siempre la había salido a recibir cuando llegaba a casa. En aquellos momentos, estaba en el hospital, sin duda muy preocupado por Alice. Miró su teléfono para ver si él le había enviado algún mensaje o la había llamado. Nada.

Se quitó el abrigo y lo colgó. Se dirigió hacia el dormitorio que compartía con Valentin y se quitó los zapatos. Entonces, se sentó en la cama y empezó a preguntarse qué era lo que debía hacer. Se sentía inquieta. El pensamiento aún le daba vueltas por el repentino cara a cara con Carla y las disculpas que esta le había dado. Imogene deseó poder pensar de nuevo en todo y examinar cada paso de su vida con Valentin para ver dónde había permitido que la engañaran tan clamorosamente.

¿Había sido todo por la manipulación de Carla o ella había sido la víctima fácil por sus propios prejuicios? Admitió que se había dejado llevar por una relación relámpago con Valentin porque estaba totalmente enamorada. Se había dejado llevar por la solicitud de Valentin, por sus atenciones, y se había enamorado totalmente de él. Sin embargo, ¿le había dado ella todo? Si lo hubiera hecho, ¿se habría sentido más segura?

Se levantó de la cama y se dirigió al dormitorio

que habían transformado en sala de estar. Resultaba más acogedora que el salón. Entró en la sala y se dirigió directamente a las estanterías que contenían los antiguos álbumes de fotos de Valentin. Ella le había gastado bromas sobre ellos, diciéndole que todo el mundo almacenaba digitalmente sus fotografías. Él había reiterado el placer que encontraba examinando los álbumes y reviviendo momentos del pasado.

Sabía exactamente cuál era el que quería. Lo sacó de la estantería. La fecha que había en el lomo era de siete años atrás. El título, *África*.

Abrió el álbum por el principio y se trasladó casi inmediatamente a la nación centroafricana a la que habían ido a ejercer su trabajo de voluntariado. Recordó el calor, los olores, los sonidos, la gente… Se suponía que el contrato de Imogene era breve, dado que iba a sustituir a otro profesor que había tenido que regresar a su casa por una emergencia. Sin embargo, logró extender su contrato y así conseguir que este llegara hasta que terminara el de Valentin. Hasta que pasó lo de Carla.

Se le nublaron los ojos. Tuvo que parpadear para apartar las inesperadas lágrimas. Pasó la página. Sintió una profunda sorpresa al ver las fotografías que había allí. Observó una versión más joven y más feliz de sí misma, sorprendida en medio de una carcajada por el objetivo de Valentin mientras trataba de beber de una calabaza. La expresión de sus ojos mientras miraba el objetivo la sorprendió y le recordó lo enamorada que había estado de él entonces.

Sin embargo, eso no era nada comparado con lo que sentía en aquellos momentos hacia Valentin. Sus sentimientos eran mucho más profundos. Más fuertes. Más cautos, sí, por el miedo a verse de nuevo dañados, pero más profundos igualmente. Miró de nuevo aquella versión más joven de sí misma y pasó la página. En aquella ocasión, se trataba de una fotografía de los dos. Solo tenía ojos el uno para el otro.

Valentin había sido su primer gran amor y, tal y como había comprendido por fin, su único amor verdadero.

¿Se lo había dicho a él? ¿Se lo había demostrado? No. Nunca se había permitido amarle tan plenamente como él se merecía.

Su primer matrimonio con Valentin había estado basado en esperar y observar que él le mostrara señales de tener el mismo comportamiento de su padre. Había estado esperando que él se apartara de ella y empezara a perseguir a otras mujeres mientras mantenía la fachada de una unión feliz. Básicamente, ella misma había puesto a Valentin en bandeja para Carla. Por fin se había dado cuenta. Había actuado como su esposa, confiando en él y amándolo, pero en realidad nunca se había fiado de él. Se había limitado a esperar que él mostrara sus debilidades porque era incapaz de creer que él la amaba tan profundamente como ella deseaba ser amada. Había estado esperando que él se convirtiera en el hombre que era su padre. Encantador, sí. Dedicado a su trabajo, por supuesto. ¿Dedicado a su familia? Bueno, si le convenía. No había deseado nada de todo aquello, pero, por su completa certeza en que era así, eso era precisamente con lo que se había quedado.

En vez de buscar las diferencias entre Valentin

y su padre, había buscado solo las similitudes y, donde las había encontrado, estas habían terminado por minar la seguridad que tenía en sí misma y habían mandado al traste su convicción de que el amor que había entre ellos era para siempre, la idea de que el matrimonio era una unión perfecta.

Imogene fue pasando las páginas del álbum más rápidamente y fue notando los cambios que había en sí misma. En su expresión, su postura... Vio cómo la naturaleza extrovertida y alegre que exhibía en los primeros días de su relación iba desapareciendo por su propia paranoia sobre el hecho de haberse casado con un hombre como su padre.

Cerró el álbum por fin y lo volvió a colocar en la estantería. Había comprendido por fin lo que tenía que hacer. Había llegado el momento de marcharse al hospital para estar junto a Valentin, como debía hacer una esposa. Le diría a Valentin la verdad del amor que sentía por él.

Valentin se desmoronó sobre la butaca de la sala de espera mientras el equipo de cardiología trataba de estabilizar a su abuela.

Todas las malas palabras que le había dicho acudieron a él para torturarle, haciéndole desear habérselas tragado para siempre. Por muy enojado que hubiera estado con ella hacía tres meses, ella solo había estado pensando en lo que era lo mejor para él. Debería haberle dado más crédito. Los problemas que Imogene y él había tenido y a los que habían debido enfrentarse eran culpa de ellos mismos, y no de Nagy. Dependía de ellos hacerlos desaparecer.

Deseó de todo corazón que Imogene siguiera considerándolo así después de la debacle de aquella noche.

Sabía que Carla había estado mintiendo, pero jamás olvidaría la mirada de dolor y asombro que habían desgarrado el rostro de Imogene aquella noche, dejando al descubierto toda su vulnerabilidad para que todos pudieran verla. Odiaba el hecho de que hubiera tenido que volver a sufrir de esa manera por culpa de una mujer con la que él había estado sordo, mudo y ciego desde hacía mucho tiempo. Sin embargo, principalmente, odiaba el hecho de que, a pesar de todo lo que se habían estado esforzando en los últimos quince días, en los último tres meses, ella hubiera creído las mentiras de Carla sin dudarlo.

En realidad, no era tan imposible. Su padre era un canalla de primera clase en lo que se refería a su vida familia. Si ese era el único ejemplo que había tenido a lo largo de su vida, no era de extrañar que hubiera creído las mentiras de Carla a pies juntillas. Eso significaba que, si quería que aquello funcionara entre ellos, tendría que esforzarse más aún.

Cerró los ojos y apoyó la cabeza contra la pared. La frustración que sentía le hacía ponerse aún más tenso. Deseó poder estar ayudando a los especialistas que trabajaban para salvar a su abuela. Una vez más, volvió a echar de menos no ejercer de nuevo como médico. Nada podía superar la adrenalina que se sentía al estar al frente de situaciones críticas. De salvar vidas. Sin embargo, ese estilo de vida le había pasado factura. A él y a su matrimonio. No había sido capaz de ver las grietas que se habían ido formando hasta que no fue demasiado tarde.

Cuando el daño ya estaba hecho, ya no se había podido hacer nada.

¿Y en segunda oportunidad? ¿Era demasiado tarde? ¿Le permitiría Imogene volver a entrar en su corazón, en su vida?

De repente, la suave caricia de una delicada mano y el aroma del perfume que Imogene siempre llevaba puesto atravesó la miríada de olores que le rodeaban e hizo que abriera los ojos.

—Valentin, ¿está bien?

—Todavía no lo sé —respondió él mientras le colocaba una mano encima de la de ella como si, al hacerlo, pudiera evitar que volviera a marcharse.

Ella estaba allí, a su lado. Valentin estaba decidido a anclarla a su lado e impedir que volviera a marcharse. Lo haría como si su vida dependiera de ello.

El tiempo pasaba muy lentamente. Los dos estaban sentados juntos, con muchas palabras pendientes entre ellos. Valentin tomaba fuerza de su presencia, del hecho de que ella había acudido al hospital, a su lado. Dándole fuerzas con su cercanía.

No había tenido en cuenta las piedras del camino, los cambios de dirección que la vida y otras personas podrían ocasionar en una relación.

Sintió que ella le apretaba la mano.

—Valentin, te están llamando —le dijo.

El miedo se apoderó de él.

—¿Señor Horvath?

—Sí —respondió él poniéndose de pie.

—Hemos conseguido estabilizar a su abuela. Ahora, la vamos a llevar a la UCI. Le haremos más pruebas por la mañana, pero necesitará una operación más pronto que tarde. Lo hablaremos con ella por la mañana y esperamos poder operarla mañana mismo si podemos. Estoy seguro de que usted comprenderá que debemos actuar con celeridad.

–Por supuesto. Muchas gracias. ¿Puedo verla ahora?

–Brevemente. Como podrá comprender usted, está muy cansada.

Se sentía entre la espada y la pared. Temía dejar a Imogene por si ella se marchaba mientras él estaba con su abuela. Sin embargo, si no veía a Nagy en aquel instante, podría ser que el último recuerdo que tuviera de ella fuera ver cómo se la llevaban en una camilla a la sala de urgencias después de que llegaran al hospital.

–Ve –le dijo Imogene–. Te estaré esperando aquí mismo cuando salgas.

Valentin quiso darle un beso, pero, con todo el drama de lo que había ocurrido en el restaurante aún sin resolver entre ellos, no sabía si sería bien recibido.

–¿Señor Horvath? –le insistió el médico.

–Sí, ya voy.

Miró por última vez a Imogene. Ella le animó para que se marchara con el médico, por lo que le siguió hasta el interior del cubículo de urgencias. Como médico que había sido, ver a un paciente enganchado a monitores y con tubos entrando y saliendo de su cuerpo era algo habitual para él. Sin embargo, ver a su abuela así era otro asunto. Sintió como si toda su experiencia médica hubiera quedado al otro lado de la puerta y fuera tan solo un ansioso nieto el que estaba allí con su abuela. Se apresuró a acercarse a ella y le tomó la mano. Automáticamente, le tomó el pulso en la muñeca. No era tan fuerte y constante como debería ser, pero allí estaba. Miró el arrugado rostro de su abuela y sintió que la mortalidad le golpeaba en el centro del pecho. Tenían que hacer todo lo posible para que se pusiera bien de nuevo.

Ella había sido una luchadora. Había huido de Hungría con sus padres antes del estallido de la Segunda Guerra Mundial y se había instalado en un país extranjero para iniciar su vida allí, en los Estados Unidos.

Apoyó a Eduard, su esposo, en la creación de Horvath Aviation, pero lo perdió demasiado pronto por un ataque al corazón. Después, perdió también a dos de sus hijos por el mismo problema congénito poco después, uno de ellos el padre de Valentin. A pesar de todo, ella había hecho todo lo posible para mantener unida a la familia y su familia tenía que estarle muy agradecida. Se reunirían todos en torno a ella para apoyarla justo cuando Nagy más los necesitaba. Si lograba salir adelante.

De repente, ella abrió los ojos.

—¿Valentin?

—Estás en el hospital, Nagy. Acabas de tener un ataque al corazón.

—Esas estúpidas pastillas para el corazón no han servido de nada —gruñó a través de la máscara de oxígeno.

¿Pastillas para el corazón? Valentin se preguntó cuánto tiempo habría estado tomando medicación y si lo sabría alguien de la familia. Seguramente no. Nagy era una mujer muy orgullosa e independiente, un rasgo de personalidad que él mismo había exhibido en un par de ocasiones.

–Conseguiremos que te pongas mejor, no te preocupes.

–¿E Imogene? –le preguntó la anciana con un tono de voz que le preocupó mucho. Lo último que necesitaba Alice en aquellos momentos era sentir ansiedad.

–Está fuera, esperando. No te preocupes. Lo solucionaremos todo.

–Hay algo que tenía que deciros a los dos –dijo Alice débilmente–. Es muy importante.

Justo en aquel momento, aparecieron los enfermeros que iban a llevarla a la UCI.

–Luego, Nagy. Tienen que llevarte ahora mismo a tu habitación. Ya hablaremos más tarde, ¿de acuerdo? Te lo prometo.

Alice cerró los ojos y Valentin se hizo a un lado para que los enfermeros pudieran prepararla para sacarla del cubículo y conducirla al ascensor.

–Perdóneme, señor –le dijo una enfermera que acababa de llegar a la zona–. Necesitamos prepararnos para nuestro próximo paciente.

–Por supuesto. Lo siento –se disculpó él.

Regresó a la sala de espera. ¿Estaría Imogene aún allí? No se dio cuenta de la tensión que acumulaba hasta que no vio su hermoso y pálido rostro mirándole. Se levantó y se dirigió para reunirse con él a mitad de camino. ¿Un símbolo del futuro? Así lo esperaba con cada célula de su cuerpo.

Capítulo Dieciséis

Cuando regresaron al apartamento, Imogene se sintió como si llevaran fuera varios días, y no simplemente unas horas. Si ella se sentía así, ¿cómo se sentiría Valentin?

–¿Quieres que te prepare algo? –le preguntó ella mientras se dirigían a la cocina–. Si tienes hambre, seguramente que Dion ha dejado algo preparado en el frigorífico.

–Tal vez un bocadillo –respondió él–. Yo te ayudaré.

A pesar de la familiaridad que sentían el uno con el otro y su proximidad en la cocina, Imogene no pudo evitar imaginarse que un enorme abismo se abría entre ellos. Tenían que hablar. Ella necesitaba decirle que estaba dispuesta a aceptar gran parte de culpa en lo que les había llevado a su separación inicial, por no mencionar las dificultades a las que se habían enfrentado desde entonces.

–¿Nos llevamos los bocadillos a la salita? –sugirió ella mientras cortaba el pan en triángulos.

–Buena idea –replicó Valentin. Colocó los platos en una bandeja y los llevó hasta la sala.

Se sentaron el uno junto al otro en el sofá. Cada uno de ellos tomó un sándwich y empezó a masticarlo en continuado e incómodo silencio.

–Entonces, ellos…

–Imogene, yo…

Habían empezado a hablar al mismo tiempo. Se echaron a reír.

—Tú primero —dijo él.

—Solo quería preguntarte por Alice. ¿Van a operarla mañana?

—Primero van a hacerle una angiografía para confirmar lo que ya sospechan. Luego la operarán.

—Es fuerte, Valentin. Saldrá adelante.

—Gran parte de eso dependerá del daño que haya sufrido el músculo del corazón, pero sí, es fuerte. Eso me recuerda que, antes de que hablemos, tengo que decirle a toda la familia lo que ha ocurrido.

—Por supuesto —repuso Imogene.

Ella observó cómo Valentin buscaba en su teléfono y llamaba a Ilya, su primo mayor. Luego a su hermano Galen. Los dos le dijeron que ellos se ocuparían de hacérselo saber al resto de la familia. Valentin entonces dejó el teléfono sobre la mesita de café y se reclinó en el sofá.

—Bueno, eso ha sido más fácil de lo que había anticipado.

—Me alegro de que todos te hayan apoyado de esa manera. Así es como deberían ser las familias.

—Sí, pero la tuya no fue así, ¿verdad? —le dijo Valentin aprovechando la oportunidad de centrar la conversación en el tema que los dos habían estado evitando tan cuidadosamente.

—Es cierto. Lo admito. Hasta esta noche, no me había dado cuenta cómo había alterado ese hecho la percepción que tengo de todo. Y de todos. Incluso de ti.

—¿Quieres explicarte? —la animó él.

Imogene se giró para mirar a Valentin.

–Ya has visto cómo es mi familia. Satélites aislados que orbitan unos alrededor de los otros y que, ocasionalmente, viven la misma vida en la misma habitación.

–Pero tú no eres como ellos –la interrumpió Valentin–. Tienes demasiado corazón. Yo fui demasiado estúpido para verlo, Imogene, tienes que creerme. No he tenido ninguna aventura con Carla ni a tus espaldas ni cuando estábamos separados. Ni lo hice en África ni aquí. De hecho, desde que estuve contigo, no ha habido nadie más, lo que ha resultado bastante incómodo a veces –añadió para tratar de aligerar la situación con humor.

Imogene lo miró y supo que le estaba diciendo la verdad. Aquel hombre tenía más sentido del honor en el dedo meñique que su padre en todo su cuerpo. ¿Por qué había sido tan reacia a verlo?

–A mí me ha pasado lo mismo –dijo ella suavemente–. No podía pensar en que me pudiera tocar otro hombre estando conmigo. Sabía que, tarde o temprano, tendría que superarlo. Estaba dispuesta a obligarme a hacerlo. Pensé que, si me inscribía en Matrimonios a Medida, me emparejarían con alguien tan compatible que el lado sexual del matrimonio sería una progresión natural.

–Y así fue –comentó él secamente.

–Así fue y así es –afirmó ella–. Sé que no me fuiste infiel. Siento haber pensado que tú eras capaz de ser tan cruel y tan poco consciente de los votos que nos habíamos hecho el uno al otro. Resulta fácil culpar a mis padres, pero la culpa es mía. En vez de ver la verdad que tenía ante mis ojos, iba buscando problemas. Y parece que Carla estaba encantada de proporcionármelos.

–Ojalá te hubiera escuchado entonces. Escucharte de verdad y comprender cómo te hacía sentir.

–Cómo permití que me hiciera sentir –le corrigió Imogene–. Necesito tomar las riendas de todo esto. Tomar mi vida y mis sentimientos y reacciones bajo control. En África, le di el poder que tenía sobre mí y ella lo aprovechó al máximo. ¿Sabías que eres el único hombre que la ha rechazado? Eso es una parte del porqué te deseaba tan desesperadamente.

–Salimos brevemente, pero como te dije hace mucho tiempo, se apagó muy pronto, al menos para mí. Yo no lo comprendí, pero ella, evidentemente, no se tomó la ruptura con la misma finalidad, sino más bien como una pausa, algo que se retomaría más tarde.

Imogene asintió.

–Cuando se presentó en el restaurante, no me lo podía creer, sobre todo, después de lo que tú me habías dicho aquí en casa. Sin embargo, siento haberla creído cuando dijo que estaba esperando un hijo tuyo. Yo… –susurró. La voz se le quebró y tardó unos instantes en volver a controlar sus sentimientos–, me sentí traicionada. Quiero tener hijos. Tener hijos contigo. Y lo deseo desesperadamente. Ver cómo ella se ponía delante de nosotros y anunciaba así, sin más, que estaba esperando un hijo tuyo… Me partió el corazón en dos. Yo jamás me interpondría entre el hijo de alguien y su progenitor del modo en el que las amantes de mi padre hicieron conmigo. Te habría dejado solo por esa razón, para que pudieras crear una familia con ella y con tu hijo.

La voz de Imogene se había ido volviendo más

ronca hasta que, por fin, no pudo seguir hablando. Las lágrimas comenzaron a caerle por las mejillas. Se las secó con furia. No quería ser la clase de mujer que utilizaba las lágrimas como arma o para manipular una situación. Necesitaba ser fuerte, por sí misma y por Valentin. Su desconfianza hacia él era un asunto muy serio, un asunto que necesitaba superar. Si no podía hacerlo, ¿qué esperanza quedaba para ellos?

–Eso es una parte de lo que te hace tan especial –susurró Valentin acercándose a ella para tomarla entre sus brazos–. Es una de las razones por las que te amo tanto. Tú lo eres todo para mí. ¿Lo sabías? Desde el día en el que te conocí, nunca has estado lejos de mis pensamientos. Admito que no fui el mejor marido la primera vez y que probablemente tampoco lo estoy haciendo muy bien ahora. Tengo que aprender a ponerte a ti en primer lugar antes que a mi trabajo. No ha resultado fácil, pero sé que podemos hacerlo. Podemos hacer que nuestra vida juntos sea feliz y podremos formar la familia que los dos tanto deseamos. Esta noche lo ha consolidado todo para mí. Cuando Nagy se desmoronó en el restaurante, sentí miedo de perderla. ¿Cómo iba a ser capaz de explicárselo a mi familia? ¿Yo, un médico, incapaz de hacer nada para salvar a mi propia abuela? Supongo que lo que dicen sobre el hecho de que los médicos tenemos complejo de Dios es verdad. En muchas ocasiones, he tenido la vida de las personas literalmente en las manos. Sin embargo, nunca he tenido miedo de utilizar mi habilidad para hacer lo que me habían enseñado a hacer hasta esta noche, y recordar eso me hizo acordarme de cómo me sentí cuando me dejaste.

No sabía lo que hacer. La lógica debería haberme dicho que te siguiera a los Estados Unidos, que luchara por ti. Sin embargo, hice lo único que se me da bien: trabajar. Firmé otro contrato y me quedé en África un año más. Cuando llegué a casa, me centré en Horvath Pharmaceuticals e hice todo lo que pude para olvidarte. Sin embargo, fallé como había fallado en nuestro matrimonio. Ni pude olvidarte ni quise hacerlo.

»Por supuesto, me enfadé mucho cuando vi en Port Ludlow que Nagy nos había emparejado. Sin embargo, principalmente estaba enfadado conmigo mismo porque había fallado en lo que ella había tenido éxito. A pesar de lo que sentía por ti, no había tenido el valor de buscarte ni de ir a visitarte, aunque sabía que probablemente seguías viviendo aquí en Nueva York. No hice esfuerzo alguno y, por eso, me siento muy arrepentido. Si quisieras dejarme ahora mismo, no te culparía por ello. Sin embargo, Imogene, quiero que sepas una cosa. Te amo y deseo que seas feliz. Sin embargo, si no puedes confiar en mí, jamás seremos felices. Debería haberte dejado marchar de Nagy y de la presión a la que nos estaba sometiendo si eso era lo que querías. Sin embargo, al volver a verte, recordé lo mucho que seguía deseándote y estaba dispuesto a hacer lo que fuera para persuadirte de que nos dieras una segunda oportunidad, pero lo hice sin considerar lo que te haría a ti si volvíamos a fracasar.

—Valentin, yo accedí a seguir adelante con nuestro matrimonio. Fue una decisión mutua la que tomamos aquel día. Sí, tengo que admitir que mi primer instinto fue salir corriendo, pero, en realidad, no podía hacerlo. En el momento en el que te vi, mi cuerpo reconoció al tuyo y se vio atraído por ti. Siempre ha sido así entre nosotros, pero eso ha ido en contra nuestra también.

Valentin ocultó su rostro en el cabello de Imogene e inhaló su aroma, que siempre servía para calmarlo y excitarlo al mismo tiempo. Era precisamente esa yuxtaposición lo que constituía la base de su unión. ¿Podrían solucionarlo? ¿Podrían sinceramente convertir aquella unión en algo sólido y tangible y hacer que fuera mucho más fuerte que antes? ¿O volvería todo a estallar una vez más?

–Si eliges quedarte junto a mí, Imogene, quiero que sepas que esta vez es para siempre. No voy a dejarte marchar en esta ocasión. Voy a pasar el resto de mi vida demostrándotelo. Si puedes corresponderme y confiar en que te adoraré y protegeré ese amor, yo me aseguraré de que jamás lamentes tu decisión ni por un solo instante. Sin embargo, si no puedes perdonarme por los errores que he cometido en el pasado, por no haberte escuchado principalmente en lo que se refería a Carla, lo comprenderé. Nunca supe lo que significaba el amor, aparte del amor familiar o del amor físico la primera vez que nos casamos. No lo supe en realidad hasta que te perdí. Y no quiero volverte a perder.

Imogene se acercó un poco más a él. Vio la preocupación en su mirada, su temor ante el hecho de que el episodio de aquella noche hubiera terminado por apartarla de su lado para siempre y de que ya no hubiera vuelta atrás. Su corazón sufría por las palabras que habían quedado sin decir entre ellos, por todo el amor que le había profesado a lo largo de aquellos años y que nunca había sido capaz de expresar adecuadamente. Lo miró a los ojos.

–Dejarte fue un error terrible. Ahora lo sé, pero el hecho de no creerte fue peor aún. Siento tanto no haber confiado en ti... Esta noche, Carla me hizo ver algunas verdades. Me dijo que, deliberada-mente, trató de hacer que rompiéramos. Supongo que pensó que, si ella no podía tenerte, en ese caso nadie podría, y mucho menos yo. Creo que vernos juntos una vez más la volvió loca. Me dijo que no la habías tocado desde el día que me conociste. Yo me pregunto por qué la creí a ella cuando contaba sus mentiras o esta noche, cuando admitió la verdad, pero no a ti. Es culpa mía no haberte creído, no tuya. ¿Puedes perdonarme por haber sido tan desconfia-da, por haber permitido que la experiencia con mi familia me marcara en nuestra vida en común? Ten-go tantas cosas que desaprender, pero espero hacer-lo contigo. Te amo, Valentin Horvath, con todo mi corazón, pero, ¿va a ser suficiente mi amor?

–¿Suficiente? Me amas. No necesito nada más –replicó Valentin.

Él le enmarcó el rostro entre las cálidas manos y la besó. No fue un beso de pasión o de necesi-dad, sino de afirmación, de promesa. En lo más profundo de su corazón, Imogene comenzó a sen-tir esperanza por ambos. Cuando Valentin la soltó, volvió a hablar, pero eligió sus palabras muy cuida-dosamente.

–Entonces, ¿crees que podemos volver a inten-tarlo para que esta vez nos salga bien?

Valentin la miró fijamente a los ojos. Entonces, agarró las manos de ella con las suyas y se las besó, como si estuviera haciéndole una promesa. Cuan-do habló, su voz fue firme e inequívoca.

–Sí.

Imogene le apretó las manos con fuerza y se levantó haciendo que él también se pusiera de pie. Entonces, le condujo al dormitorio. Su dormitorio. A partir de aquel momento, todo sería común para ambos. Ya no habría nada solo de él o solo de ella. Solo así podrían conseguir que su relación fuera un éxito.

En la semioscuridad del dormitorio, ella comenzó a desnudarle. Le desanudó rápidamente la corbata y le desabrochó los botones de la camisa y el cinturón. Mientras iba dejando al descubierto su piel, se permitió el sencillo placer de tocarle con las manos, con los labios, con la lengua... Imprimió el sabor de su cuerpo en la memoria y en su corazón. Cuando por fin estuvo desnudo, le empujó hacia la cama y, rápidamente se despojó de su propia ropa antes de tumbarse junto a él en el colchón.

–Te amo, Valentin –repitió–. No quiero volver a perderte.

–Y no me perderás –replicó él tomándola entre sus brazos–, porque yo también te amo y no pienso dejarte escapar.

Ella sonrió en la oscuridad y le besó. Sus labios reclamaron los de él e imprimieron en ellos el peso de sus sentimientos, la necesidad que tenía de él. Valentin le devolvió el beso, reflejando también su amor y aceptando la necesidad de Imogene dándole la suya propia.

Cuando unieron sus cuerpos, lo hicieron con dulzura y una promesa que jamás se habían permitido antes. Desapareció la urgencia, la desesperación. En su lugar, apareció la sólida afirmación de la constancia. Mientras se movían juntos, escalando la pasión que compartían, sus movimientos se convirtieron en una promesa de sus intenciones, de su amor y de la estabilidad para el futuro.

Después, durmieron juntos, con las piernas entrelazadas, abrazándose con los corazones en total sincronía.

El teléfono móvil de Valentin los despertó cuando las primeras luces del amanecer entraban por la ventana. Los dos se sobresaltaron y Valentin sintió que el miedo se apoderaba de los latidos de su corazón. Se levantó de un salto de la cama y agarró los pantalones del suelo para buscar en ellos el teléfono. Era del hospital.

—¿Sí? —dijo él con el corazón latiéndole con fuerza en el pecho. ¿Serían buenas o malas noticias?

—Señor Horvath. Siento llamarle tan temprano, pero queremos informarle de que su abuela va a ser operada a primera hora de la tarde.

—Estupendo.

—Sí, pero tenemos un pequeño problema. Se niega a firmar el consentimiento a menos que les vea a usted y a su esposa primero.

—¿Por qué?

—No ha querido explicárnoslo, señor.

Valentin notó una cierta irritación en la voz de la mujer.

—Lo siento. Siempre ha sido muy testaruda.

—Bueno, testaruda o no, hay que operarla hoy mismo. ¿Puedo contar con que vendrán ustedes a verla lo antes posible para que podamos operarla a su hora? Estoy segura de que no necesita que le explique la urgencia del caso.

–Iremos tan pronto como podamos –concluyó. Cortó la llamada y se volvió a mirar a Imogene–. Lo siento, tenemos que ir al hospital. Nagy ha preguntado por nosotros.

–Por supuesto –dijo Imogene mientras se levantaba de la cama y se ponía una bata–. Prepararé café mientras tú te duchas. ¿Quieres algo de comer antes de que nos marchemos?

–Tal vez una tostada.

–Perfecto. Ahora, vete a duchar –le ordenó mientras le indicaba el cuarto de baño.

Valentin dudó.

–¿Te encuentras bien? –le preguntó ella mientras se acercaba a su lado rápidamente.

Valentin la rodeó con sus brazos y la besó.

–Me alegro de que estés aquí –susurró antes de volver a besarla.

–Saldrá de esta, Valentin. Van a curarla.

Imogene le dedicó una sonrisa y se marchó a la cocina. Cuando él terminó de ducharse, ella había preparado un desayuno ligero y tenía el café hecho.

Cuando llegaron al hospital se dirigieron directamente a la UCI. Una enfermera les llevó a la unidad en la que estaba Alice. La tensión que Valentin había estado sintiendo se alivió cuando vio a su abuela sentada en la cama. Sí, estaba muy enferma, pero había un fuego en sus ojos que él reconoció inmediatamente.

–Os habéis tomado vuestro tiempo.

La voz de Alice era débil, pero trasmitía el espíritu indomable que dominaba todo lo que Alice

Horvath era y todas las decisiones que había tomado a lo largo de su vida.

—Ya estamos aquí —replicó Valentin. Prefirió no hacerle notar a su abuela que aún era muy temprano—. Dinos lo que nos quieres decir para que te puedas volver a poner buena.

—Bueno, no me ocurre nada que no puedan curar las buenas noticias. ¿Tenéis buenas noticias para mí? —les preguntó Alice mirándolos alternativamente—. ¿Y bien?

—Si te refieres a si hemos solucionado las cosas después de lo que ocurrió anoche —le dijo Imogene mientras le tomaba delicadamente la mano—, la respuesta es sí.

—¿Y esa mujer? ¿Os habéis librado de ella?

Valentin reprimió la necesidad instintiva de defender a Carla. Después de todo, había trabajado con ella mucho tiempo. Sin embargo, se recordó que ella ya no se merecía su lealtad. Había hecho todo lo posible para apartar de su lado a su único amor no una, sino dos veces.

—Sí, se ha ido —dijo sencillamente.

Alice lo miró inquisitivamente.

—No está embarazada, ¿verdad?

—Si lo está, te aseguro que no soy el padre —afirmó Valentin.

—Anoche la llevé a su casa y Carla admitió que había mentido sobre lo de estar embarazada —les informó Imogene a ambos.

—Bien —replicó Alice—. Y tú, ¿has decidido quedarte con mi nieto?

—Dado que él me ha perdonado por creer a otra persona antes que él, sí. Así es.

—Bien —volvió a decir Nagy.

–Abuela, deja de andarte por las ramas. ¿Qué es lo que querías decirnos? –insistió Valentin.

–No me estoy andando por las ramas. Simplemente me estoy asegurando de cuál es la situación que hay entre vosotros hoy. Confío en que ahora por fin estéis centrados en hacer progresar vuestro matrimonio.

Valentin e Imogene se miraron. En los ojos de ella, Valentin pudo ver el amor que sentía hacia él reflejado claramente.

–Sí, así es –dijo él con firmeza.

Alice contuvo el aliento.

–Gracias a Dios porque lo que os tengo que decir puede que os sorprenda –anunció–. De hecho –añadió con voz más potente–, tal vez algún día podáis ver la gracia de la situación. Lo único que os puedo decir que es que menos mal que ninguno de los dos se casó con otra persona después de África.

–¿Por qué? –quiso saber Valentin.

–Porque habría sido bigamia.

Imogene se quedó boquiabierta.

–¿Bigamia? ¿Cómo? Yo firmé los papeles del divorcio. Mi abogado recibió órdenes de enviárselos inmediatamente a Valentin y presentarlos.

–Yo firmé los papeles. En contra de mi voluntad, tengo que decirlo, pero lo hice porque resultaba evidente que tú ya no me querías. Se los devolví inmediatamente a tu abogado. Explícate, Nagy –añadió él mirando a su abuela–. ¿Por qué habría sido bigamia cuando hicimos todo lo que había que hacer?

–Los papeles no se presentaron nunca –dijo ella con una sonrisa de satisfacción en su pálido

184

rostro–. Lo único que siento es haber tardado tanto en recibir confirmación. Abrimos una investigación antes de vuestro matrimonio, pero, como la comunicación entre los dos países es muy lenta, decidimos correr el riesgo de seguir adelante con la boda sin obtener la confirmación desde África. Los dos estabais convencidos de que erais libres para volver a casaros y, dado que os ibais a volver a casar, no vi problema alguno. Aparentemente, el abogado de Imogene estaba implicado en actividades fraudulentas. Cuando se descubrió, le obligaron a cerrar. Antes de que otro bufete se pudiera hacer cargo de los archivos que tenía en su despacho, el edificio sufrió un incendio y quedó reducido a cenizas. Todos los documentos quedaron destruidos.

Alice parecía cansada, pero aliviada de haberles podido dar la noticia por fin.

–¿Quieres decir que llevamos casados desde entonces? –le preguntó Imogene con incredulidad.

–Solo tenéis que pensar en la ceremonia de Port Ludlow como una renovación de votos –dijo Alice. Su voz se iba debilitando por momentos.

–¿Sabes lo que esto significa? –le preguntó Valentin mientras tomaba la mano de Imogene y se la llevaba a los labios para besarle los nudillos–. Vamos a celebrar dos aniversarios.

–Durante el resto de nuestras vidas –afirmó Imogene mientras se acercaba a él para besarlo.

Alice estaba tumbada en su cama y miró a la feliz pareja que estaba de pie junto a ella y sonrió. No todo el mundo estaría de acuerdo en que había hecho lo correcto emparejándoles, pero ella sabía, desde lo más profundo de su corazón, que los dos debían estar juntos. Siempre. No habían tenido un camino muy fácil para vivir su amor, pero Alice sabía que, en ocasiones, el camino más difícil conduce a los más hermosos lugares. Su amor era mucho más fuerte que antes.

–Señora Horvath, ¿va a firmar el consentimiento ahora?

La enfermera había aparecido una vez más con el papel.

–Si no queda más remedio… –comentó.

–Nagy, tienes que firmarlo. Queremos que te pongas bien. Aún tienes que ocuparte de la boda de Galen –le recordó Valentin mientras se inclinaba sobre ella para darle un beso en la mejilla.

Alice sonrió. Sí, afortunadamente, le quedaba Galen. Él sería el centro de sus esfuerzos. Afrontaría la operación, cuando se pusiera bien, y después de que se hubiera ocupado de Galen, tenía muchos otros nietos a los que emparejar.

Todo el mundo se merecía la felicidad. Todo el mundo se merecía una vida de amor .Y dependía de ella asegurarse de que así fuera.

No te pierdas, *Promesa de venganza*
de Yvonne Lindsay,
el próximo libro de la serie
Boda a primera vista.
Aquí tienes un adelanto…

Alice Horvath, matriarca de la familia Horvath, antigua presidenta de Horvath Corporation y creadora de Matrimonios a Medida, examinó la sala decorada con flores y velas encendidas y trató de ignorar el nerviosismo que la atenazaba. No sabía por qué estaba tan nerviosa con el matrimonio de Galen, el tercero de sus nietos mayores, con una mujer tan perfecta para él que Alice había llorado al efectuar el emparejamiento. Sin embargo, por algún motivo, a pesar de su habitual atención a los detalles, le parecía que no tenía la situación tan controlada acerca de lo que ocurriría con posterioridad en aquella relación como en otras ocasiones.

La felicidad futura de los contrayentes era su único objetivo, pero, por una vez, no era capaz de verla tan claramente para ellos como con los otros. Si lo conseguían, necesitarían mucho trabajo y compromiso por parte de ambos.

¿Habría corrido Alice un riesgo innecesario? Galen le había dicho que no quería una gran pasión, pero todo el mundo se la merecía, ¿no?

Pensó en Eduard, su difunto esposo. Hacía mucho que no le echaba tanto de menos. Sin embargo, aún no estaba lista para compartir la eternidad a su lado. Aún le quedaba mucho que hacer y el éxito del matrimonio que estaba a punto de celebrarse era parte de ello. A pesar de los secretos que pudieran salir a la luz.

Galen cerró los ojos brevemente. Se sobresaltó al notar que una mano muy pequeña tomaba la suya y se la apretaba.

—Todo va a salir bien —le susurró Ellie—. Va a quererte mucho.

Galen le apretó la mano a la pequeña afectuosamente.

—Va a querernos mucho —afirmó.

Se limpió una mota de polvo imaginaria de la manga del traje y miró a su pequeña acompañante en el altar. Ellie le devolvió la sonrisa y Galen sintió que el corazón se le llenaba de felicidad. Tanto su hermano Valentin como su primo Ilya se habían ofrecido a ser los padrinos, pero aquel no era un enlace tradicional. Su objetivo era proporcionar seguridad a Ellie, de nueve años, por lo que lo más lógico era que fuera ella quien lo acompañara cuando se casaba con una completa desconocida. Pobre niña. Se merecía a alguien mucho mejor que él, pero Galen estaba dispuesto a hacerlo todo por ella, y así seguiría siendo durante el resto de su vida.

Cuando asumió la tutela de Ellie después de la repentina muerte de sus padres en un horrible accidente de coche hacía poco más de tres meses, la vida que Galen había conocido hasta entonces se detuvo en seco. Se terminaron las fiestas y el estilo de vida de playboy. Se había pasado gran parte de su vida adulta evitando el compromiso, pero este se le había presentado de repente cuando menos lo esperaba. No había estado preparado, pero tampoco sus mejores amigos, los padres de Ellie, habían imaginado que iban a morirse.

Miró a su alrededor una vez más para asegurarse de que todo estaba como debía.

Bianca

**Era un simple matrimonio de conveniencia...
hasta la apasionada noche de bodas**

UNA ESPOSA
PERFECTA

Julia James

Cuando el multimillonario Nikos Tramontes conoció a Diana St.
Clair, miembro de la alta sociedad inglesa, de inmediato se sintió
atraído por su fachada de doncella de hielo. Y la determinación
de Diana de conservar la casa de su familia le ofrecía la oportunidad perfecta para proponer un matrimonio temporal.

Pero, durante la luna de miel, Nikos despertó en Diana un ardiente deseo y la atracción que había entre ellos se convirtió en
una pasión arrebatadora.

A partir de ese momento, Nikos no pudo negar que deseaba
mucho más de su esposa...

Acepte 2 de nuestras mejores novelas de amor GRATIS

¡Y reciba un regalo sorpresa!

Oferta especial de tiempo limitado

Rellene el cupón y envíelo a
Harlequin Reader Service®
3010 Walden Ave.
P.O. Box 1867
Buffalo, N.Y. 14240-1867

¡Sí! Por favor, envíenme 2 novelas de amor de Harlequin (1 Bianca® y 1 Deseo®) gratis, más el regalo sorpresa. Luego remítanme 4 novelas nuevas todos los meses, las cuales recibiré mucho antes de que aparezcan en librerías, y factúrenme al bajo precio de $3,24 cada una, más $0,25 por envío e impuesto de ventas, si corresponde*. Este es el precio total, y es un ahorro de casi el 20% sobre el precio de portada. !Una oferta excelente! Entiendo que el hecho de aceptar estos libros y el regalo no me obliga en forma alguna a la compra de libros adicionales. Y también que puedo devolver cualquier envío y cancelar en cualquier momento. Aún si decido no comprar ningún otro libro de Harlequin, los 2 libros gratis y el regalo sorpresa son míos para siempre.

416 LBN DU7N

Nombre y apellido	(Por favor, letra de molde)
Dirección	Apartamento No.
Ciudad	Estado Zona postal

Esta oferta se limita a un pedido por hogar y no está disponible para los subscriptores actuales de Deseo® y Bianca®.
*Los términos y precios quedan sujetos a cambios sin aviso previo.
Impuestos de ventas aplican en N.Y.

SPN-03   ©2003 Harlequin Enterprises Limited

DESEO

*Mientras la nieve seguía cayendo,
las caricias de aquella mujer le hacían arder*

Escándalo
en la nieve

JESSICA LEMMON

El multimillonario Chase Ferguson solo se arrepentía de una cosa: haber abandonado a Miriam Andrix para protegerla del escrutinio público al que él estaba sometido.

Cuando una tormenta de nieve dejó a Miriam atrapada en su mansión en las montañas de Montana, la pasión entre los dos volvió a desatarse, imposible de resistir. Pero la realidad y el escándalo les obligaron a enfrentarse al presente. Chase ya había renunciado a ser feliz en una ocasión. ¿Se atrevería ahora a luchar por lo que realmente quería?